Benvenuti nel mondo di

JOE CARROT

Redazione originale del Mondo di Joe Carrot di Lorenza Bernardi.
Disegni originali del Mondo di Joe Carrot di Flavio Ferron.
Testi di Joe Carrot.
Coordinamento di Lorenza Bernardi *e* Patrizia Puricelli.
Collaborazione editoriale di Silvia Gianatti Corallo.
Editing di Daniela Finistauri.

Copertina di Flavio Ferron.
Illustrazioni di Giuseppe Facciotto *(matita e china) e* Davide Turotti *(colore).*
Grafica di Sara Baruffaldi, *con la collaborazione di* Marta Lorini.

www.joecarrot.com

I Edizione 2008

Stampa: Mondadori Printing S.p.A. - Stabilimento AGT

Mi chiamo Carrot, Joe Carrot...

... ma voi potete chiamarmi Joe.

Sono un coniglio investigatore. La mia agenzia, la Carrot & Carrot, è la più famosa di tutto l'Arcipelago dei Conigli (per forza, è l'unica...).

Amo il mio lavoro, mi piace cercare indizi e risolvere casi complicati, ma soprattutto adoro la mia famiglia: io e mia moglie Jane abbiamo cinque meravigliosi coniglietti!

Volete conoscere meglio la Famiglia Carrot? E allora, che cosa aspettate. Girate pagina e cominciate a leggere!

La Famiglia Carrot
Artemisia
Ann
Susan

Charlie
Kevin
Joe
Andy
George
Jane
Mandy

La Famiglia Leprotto
Peter
Tim
Chris
Cha Cha
Moony
Flow
Susy
Sarah

Roger
Steve
Alvie
Honey
Meg
Francy
Tilda

Casa Carrot

- 1 6 ingressi
- 2 ripostiglio
- 3 5 12 15 bagni
- 4 soffitta
- 7 salone
- 8 lavanderia
- 9 serra
- 10 garage
- 11 stanza di Kevin
- 13 stanza di Susan e Ann
- 14 stanza di Andy e Mandy
- 16 stanza di Joe e Jane

JOE CARROT

LA BANDA DEGLI INVISIBILI

PIEMME
Junior

FUORI ORARIO

Era stata una giornata di lavoro davvero lunghissima. A **Konigliapolis,** sull'Isola della Grande Carota, nell'Arcipelago dei Conigli, tutti si preparavano a tornare a casa per cena. Anch'io.

Io sono Joe Carrot.

Ma voi potete chiamarmi Joe! Sono un investigatore privato. La mia agenzia, la 'Carrot & Carrot', è la più famosa della città (per forza, è l'unica!).

QUESTO SONO IO!

Stavo dicendo...
Non vedevo l'ora di essere a casa con la mia famiglia. Jane, mia moglie, mi aveva telefonato da poco per avvertirmi che quella sera avrei trovato in tavola lo SFORMATO DI CAROTE... E Jane sa che quello è il mio piatto preferito!
Roba da leccarsi le orecchie...
Vi confesso che a quell'ora ero già un po' AFFAMATO (anzi, parecchio!).
Stavo indossando il mio impermeabile arancione, quando...
DRIIINN!!!

Fui tentato di non rispondere. L'agenzia era in orario di **chiusura!**

Purtroppo mia mamma **Artemisia** (che è anche la mia assistente) aveva già la cornetta in mano.

– *Il cane è scappato? Qualcuno se n'è andato? Non c'è problema: allevieremo la vostra pena! La Carrot & Carrot è qua, al servizio per la vostra felicità!*

Sì, avete letto bene: mia mamma risponde al telefono... **in rima!!!**

Cercai in tutti i modi di farle dire che non c'ero più (anche se era una bugia), ma *purtroppo* lei aveva già **deciso per me!**

– Certo signor Scarola! La aspettiamo qui! – la sentii concludere.

Non sapevo ancora di che cosa si trattasse.

Ma ero certo di una cosa:

avrei fatto tardi per la cena!

Purtroppo...

AROMI E PROFUMI...

Tito Scarola entrò nel mio ufficio, portandosi dietro un aroma di pizza alle acciughe! Infatti, Tito è titolare della pizzeria **'LE CINQUE STAGIONI'**. Mentre si accomodava, mia mamma ne approfittò per

Nome: TITO
Cognome: SCAROLA
Occupazione: titolare della pizzeria 'Le Cinque Stagioni' in vicolo Lattuga, n.2
Hobby: inventare nuove pizze. La sua invenzione più famosa è la pizza Carotolla, una 'profumatissima' prelibatezza con carote e cipolle!

accendere subito un diffusore aromatico e coprire il 'profumo' di Tito.
Ma io iniziai subito a starnutire (sono un po' allergico alle essenze. Anzi, parecchio!) e, solo dopo il quindicesimo starnuto di fila, riuscii a chiedere a Tito che cosa lo avesse fatto precipitare in agenzia a quell'ora.
Tito era agitato, TRAFELATO, SCOMPIGLIATO.
– Joe... Oh, Joe... è successa una cosa davvero incredibile!

UN MISTERO PER JOE

Chiesi a Tito di prendere fiato e di spiegarmi tutto con calma. Aprii la finestra pensando che un po' d'ARIA FRESCA potesse fare bene a tutti (almeno speravo potesse far bene a me... La mia allergia stava diventando INSOPPORTABILEEE... Etciù!).
Tito tirò fuori dalla tasca una serie di foglietti di carta bianca, tutti della stessa dimensione rettangolare. Li dispose sulla mia scrivania, uno accanto all'altro.
NON RIUSCIVO A CAPIRE.
Che cosa avevano di incredibile semplici e comuni... pezzetti di carta?!?

Tito iniziò a *spiegarmi*...

– Credici o no, Joe, ma questi foglietti, fino a qualche minuto fa, erano **banconote** da 10 finferli*!

*Scopri che cosa sono a pagina 20!

PERDINDICAROTA! Che cosa sentivano le mie orecchie!

Tito mi raccontò che quella sera un cliente aveva ordinato tre pizze da portar via e le aveva pagate con quei soldi. Soldi che, subito dopo, erano... SCOMPARSI!

– Capisci? Scomparsi! È incredibile, Joe!

Devo confessarvi che non sapevo se credere o no a un racconto così bizzarro.

Di fronte a me vedevo solo normalissimi foglietti bianchi.

Per un attimo pensai che fosse solo frutto dell'immaginazione di Tito. Ma, una volta a casa, dovetti ricredermi. Quello che mi aveva raccontato Tito era tutt'altro che fantasia!

I FINFERLI

Il finferlo è la valuta comune delle isole che formano il Grande Arcipelago dei Conigli, nell'Oceano Carotico Meridionale, ovvero la Grande Carota, la Piccola Carota, la Guglia, la Dentona, Las Carotas e lo Scoglio delle Cozze.

È stato introdotto nel 1999, ma solo dal 1° Gennaio 2000 il finferlo è entrato ufficialmente in vigore: prima di questa data, ogni isola dell'arcipelago aveva la sua moneta, ma questo creava un po' di confusione (anzi, parecchia!). Il nome deriva da una particolare varietà di funghi, molto apprezzata dai conigli.
Su ogni banconota è illustrato un personaggio o un luogo importante della storia dell'Arcipelago dei Conigli.

BANCONOTE

5 finferli
WILL ORACLE, scrittore del 16° secolo

10 finferli
ADAM STONE, fondatore di Konigliapolis

Si ringrazia la Banca Centrale di Konigliapolis per le informazioni e le immagini concesse.

20 finferli
ORLANDO SCAV,
primo coltivatore di carote

50 finferli
MARY JANE ELLIS COOL, fondatrice
del metodo ELLIS di istruzione
per conigli

100 finferli
GRAN KONIGLIO

500 finferli
ARCIPELAGO DELLA
GRANDE CAROTA

MONETE

1 centesimo

2 centesimi

5 centesimi

10 centesimi

50 centesimi

1 finferlo

2 finferli

ULTIMISSIME AL NOTIZIARIO

Tornato a casa, trovai la mia famiglia che mi stava aspettando. I ragazzi ormai avevano MANGIATO.

– BENTORNATO, papy!

La piccola Ann mi corse incontro, inseguita da Andy e Mandy che GATTONAVANO allegri. Li abbracciai tutti.

Proprio in quel momento, dalla televisione accesa, sentii una frase del notiziario:

– I negozianti truffati continuano a chiamare in redazione. Ma passiamo ora la LINEA al nostro inviato...

Il giornalista annunciò una serie di casi simili

TV

a quelli di Tito Scarola. Ascoltai le interviste di molti commercianti di Konigliapolis.
Stavano tutti DENUNCIANDO lo stesso fatto: qualcuno era entrato nei loro negozi e aveva pagato con finferli che erano SCOMPARSI subito dopo!
– Se si tratta di uno scherzo, non è affatto DIVERTENTE! – disse Jane.
Ma io, a quel punto, sapevo che non si trattava di uno scherzo! PERDINDICAROTA!
Allora Tito Scarola aveva ragione!

IL GRANDE FRANK

Il mattino dopo uscii di casa all'alba, mettendo in tasca i pezzetti di carta che mi aveva lasciato Tito. Saltai a bordo della mia Camomilla, la mia fedele macchina sportiva.

Dovevo parlare **su-bi-to** con l'unica persona in tutta Konigliapolis in grado di spiegarmi che cosa stesse succedendo: **FRANK FOSTER!**
Frank è un ex-**POLIZIOTTO** inventore, soprannominato 'Il Genio'. È capace di costruire i **MARCHINGEGNI** più incredibili e spettacolari. Ma soprattutto i più utili e in grado di scovare qualsiasi indizio!
È un vecchio amico di mio padre. Dopo aver trascorso più di quarant'anni nei laboratori del dipartimento di polizia di Konigliapolis, ora è in pensione.
Arrivai al suo LABORATORIO e, non appena Frank aprì la porta, esclamò: – Joe! Ma che piacere! Che cosa ci fai da queste parti? Guarda che se ti serve un ***ELICOTTERO TASCABILE*** devi ripassare tra una settimana, ci sto ancora lavorando. Ma scommetto

che hai un caso davvero interessante tra le ZAMPE e hai bisogno del mio aiuto!
Non risposi.
Semplicemente tirai fuori dalla tasca i PEZZETTI DI CARTA e glieli porsi.
Frank li prese e mi GUARDÒ con aria interrogativa: – Che cosa significa?!

Elenco delle ultime invenzioni di Frank Foster

1) SUPERMICROSCOPIO: un supermicroscopio, appunto!
2) MEGACOPIA: riproduce ogni tipo di documento e fotografia.
3) LAVACREATRICE: crea costumi e travestimenti adatti per ogni occasione e indagine.
4) FANTASMOGRAFO: fa apparire immagini scomparse.
5) L.E.N.T.I: lenti speciali che permettono di vedere al buio.
6) IMMETTIKIT: crea un identikit, cioè un ritratto della persona da cercare.
7) OROLOGICO: orologio intelligente che analizza in quanto tempo è stato costruito un oggetto, di qualsiasi materiale.
8) MATITURBO: una matita che si trasforma, togliendo la gomma, in un monopattino superveloce.
9) CAMALEONTIZZATORE: cambia faccia a chi lo indossa.
10) ASPIRINK: meglio di una gomma, aspira ogni traccia di inchiostro.
11) OCCHIOMAGICO: una lente in grado di scoprire tracce nascoste.
12) FORNO A SCOMPARSA: rende invisibile ciò che viene cotto al suo interno.

1
2
4
5
6
7
8
9

LE BANCONOTE FANTASMA

Frank prese in mano i finferli **SCOMPARSI** e li **GUARDÒ** da vicino. Gli spiegai quello che sapevo e lui **STRABUZZÒ** gli occhi.

– Finferli scomparsi, eh! Una trovata assolutamente originale. Ma chi ha escogitato questo trucchetto non ha pensato a un dettaglio molto importante...

– Che cosa vuoi dire?

Frank scoppiò a ridere: – **HU, HU, HU! HA, HA, HA!** Voglio dire che non ha pensato a me, naturalmente!

E così dicendo avvicinò una lente di grosse dimensioni a una banconota.

– Non esistono trucchi per Frank Foster! Con il mio occhiomagico posso scoprire le TRACCE più nascoste su ogni tipo di oggetto!
Fu questione di pochi secondi e poi Frank ESULTÒ soddisfatto.
– Yuhuuuuuu! Che cosa ti dicevo? Ho trovato una traccia minuscola di inchiostro. Questa è la prova che cercavo! L'inchiostro non può scomparire nel nulla. Diciamo che può

diventare **INVISIBILE** all'occhio di un coniglio qualunque.
Pensavo di aver capito. Quante volte, da coniglietto, avevo usato l'inchiostro simpatico per nascondere i miei segreti o fare scherzi ai miei amici?
Ma Frank smorzò i miei entusiami.
– No, Joe. Qui non si tratta di inchiostro simpatico. O almeno non proprio. È piuttosto un inchiostro FANTASMA. Diciamo che si è **SMATERIALIZZATO.**
– Se si è smaterializzato, come facciamo ad analizzarlo?
Frank stava cercando qualcosa quando esclamò: – Semplice come mangiare una carota. Lo facciamo RIAPPARIRE!
E così dicendo, prese in mano quella che sembrava una normale macchina FOTOGRAFICA.

Frank continuò: – Joe, per favore, metti una banconota sul tavolo. Proviamo a scattare una fotografia con il FANTASMOGRAFO e vedrai che le immagini dei finferli RIAPPARIRANNO!

A PROPOSITO DI MESSAGGI SEGRETI...

1 L'inchiostro simpatico è un inchiostro speciale per scrivere parole INVISIBILI!

CHE COSA OCCORRE:
- 1 limone
- un po' d'acqua
- 1 foglio di carta
- 1 pennellino
- 1 candela

COME FARE:

Spremi il limone in una tazzina e aggiungi qualche goccia d'acqua (non troppe, mi raccomando). Mischia bene e intingi la punta del pennello (se non hai il pennello puoi usare la punta del dito mignolo) e scrivi qualcosa sul foglio di carta.

Visto? Ah, già... Non si vede niente!

Ma ora prova a passare il foglio sopra la fiamma della candela (attenzione, qui serve un adulto, perché è pericoloso! Non giocare da solo con fiammiferi e candele!).

Come per magia (ma non è magia, è un procedimento chimico!), la parola che hai scritto riapparirà!

2 Un altro modo per mandare messaggi segreti ai tuoi amici è quello di usare la CRITTOGRAFIA!

CHE COSA OCCORRE:
- fogli di carta

- 1 penna (o matita)

COME FARE:
Scrivi su un foglio di carta le lettere dell'alfabeto, dalla A alla Z. Ora decidi che a ogni lettera dell'alfabeto ne corrisponde un'altra. L'esempio qui sotto ti aiuterà a capire.

A	B	C	D	E	F	G	H	I	L	M	N	O	P	Q	R	S	T	U	V	Z
↓	↓	↓	↓	↓	↓	↓	↓	↓	↓	↓	↓	↓	↓	↓	↓	↓	↓	↓	↓	↓
E	F	G	H	I	L	M	N	O	P	Q	R	S	T	U	V	Z	A	B	C	D

In questo modo a ogni lettera ne corrisponde un'altra. Facile, no?
Ora proviamo a scrivere una parola: TIVHORHOGEVSAE!*
È incomprensibile! Ma tu conosci il codice e puoi tradurla!

3 Infine, se non hai tempo di scrivere, ma devi dire qualcosa di segretissimo puoi usare l'ALFABETO CAROTINO!
Ci vuole un po' di pratica, ma appena avrai imparato nessuno capirà che cosa stai dicendo!
In ogni parola, dopo ogni sillaba, aggiungi un'altra sillaba formata dalla consonante C più la vocale uguale alla vocale precedente la C. Per esempio, 'casa' diventa caCAsaCA, 'libro' diventa liClbroCO!

* PERDINDICAROTA!

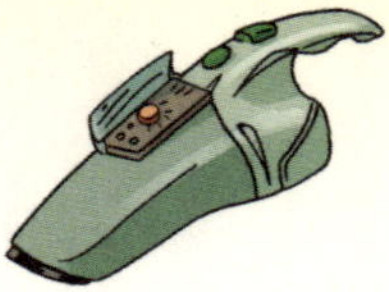

FLASH! FLASH!

Frank scattò col fantasmografo e accadde qualcosa di SORPRENDENTE. Sul foglio di carta riapparve l'immagine da 10 finferli. Mi sembrò di essere davanti a una FOTO istantanea (avete presente quelle foto che si sviluppano subito e fanno APPARIRE l'immagine dal nulla? Ecco, *sembrava* proprio una magia!).
Ma come sempre c'era una SPIEGAZIONE logica.
Senza avere il tempo di aprire bocca, vidi SCOMPARIRE di nuovo l'immagine.
STRABUZZAI gli occhi, mentre Frank

non sembrava affatto sorpreso, anzi... Stava passando sulla banconota di nuovo bianca un oggetto molto simile a un... aspirabriciole.

– È l'*aspirink*, un apparecchio capace di aspirare ogni traccia di inchiostro. Se fosse in commercio nessuno avrebbe più bisogno di gomme per **CANCELLARE!**

Frank era riuscito ad aspirare una piccola

quantità di quell'inchiostro e ora lo stava analizzando al suo microscopio **ULTRAPOTENTE.**

– Allora, Joe! Che cosa aspetti? Non mi chiedi di spiegarti **CHE COSA** sta succedendo?

Frank RIDACCHIÒ e poi continuò: – Devi sapere che l'inchiostro usato per le banconote fantasma è un **inchiostro** 'instabile', vale a dire che **SCOMPARE** dopo un po' che è esposto alla luce e all'*aria*. Le molecole dell'inchiostro si 'slegano', rimanendo vicine, ma INVISIBILI, perché 'slegate' tra loro.

Quando ho usato il fantasmografo, le ho praticamente incollate. Infatti questa mia invenzione ha il potere di RIATTACCARE le molecole, ridando colore all'inchiostro.

EHM... FINALMENTE STAVO COMINCIANDO A CAPIRCI QUALCOSA...

Frank continuò: – La luce e l'aria, però, hanno di nuovo distaccato le molecole ed ecco perché l'immagine è di nuovo SCOMPARSA!
Io squadrai Frank: – Ma perché qualcuno dovrebbe escogitare un inchiostro di questo tipo? Solo una banda di falsari potrebbe arrivare a tanto.
Frank fu in grado di SORPRENDERMI di nuovo.

INDIZIO!

Hai capito anche tu perché le banconote fantasma diventano invisibili?

– Penso di sapere *chi* ha escogitato tutto questo!
Per i denti del **Gran Koniglio!** Come poteva *già* saperlo?!
– E te lo dirò **solo** se questa volta mi porti con te durante le **indagini**.
Che ne dici Joe, **BALLIAMO LA SAMBA** insieme?!
Questo era il modo di dire di Frank per *chiedermi* di coinvolgerlo nelle indagini!
Di solito io cerco di cambiare subito discorso.

Ma questa volta il mio sesto senso di coniglio investigatore mi **SPINGEVA** ad accettare.
Anche se avevo la *sensazione* che questo mi avrebbe portato un po' di guai (anzi, **PARECCHI!**).
– Va beh... – iniziai a dire, ma non ebbi il tempo di finire la frase!
– Oh, Joe! Potrò venire con te? Dimmi, **QUANDO** si inizia? **COME** mi devo vestire? O vuoi che mi travesta? Di là ho un paio di occhiali scuri *meravigliosi* che non danno nell'occhio. Eh?! Che ne dici?
Ecco. Ora avevo la *certezza* di aver fatto un **GROSSO** errore...

Il vecchio archivio

Frank era emozionato e agitato. Saltellò allegro verso il suo VECCHIO armadio, strapieno di carte, cartellette, fogli. Quello era il suo archivio privato.
Mi stupii che un genio della tecnologia come lui non avesse un archivio computerizzato. Ma Frank mi spiegò che aveva iniziato a raccogliere quei *documenti* dagli inizi del suo lavoro, quando ancora non esistevano i computer! C'erano foto segnaletiche, articoli di giornale, **impronte digitali:** tutto sistemato in ordine alfabetico.
Frank iniziò a spulciare il suo schedario

e, all'altezza della lettera L, estrasse una cartelletta con sopra scritto: KELLY LEPROTT. Conoscevo bene quel nome: la chiamavano LA REGINA DEI FALSARI!

UN SEGNO INCONFONDIBILE

Kelly Leprott era una ladra e una falsaria di opere d'arte. Affascinante e beffarda, era riuscita a farla franca in ogni situazione. Era stato proprio **FRANK,** in un paio di indagini, a metterla alle strette, anni prima. Quindi si può dire che Frank

Nome: KELLY
Cognome: LEPROTT
Hobby: era una ladra e adorava dipingere quadri falsi d'autore e falsificare qualunque cosa. Ora ha aperto una galleria d'arte.
Segni particolari: è sempre molto sicura di sé.

e Kelly si conoscessero bene... Per esempio **FRANK** sapeva quanto a KELLY piacesse sempre lasciare, in ogni sua opera, una **traccia** inconfondibile. Considerava i suoi falsi dei veri e propri *capolavori* e, come ogni artista, era solita firmare le opere con le sue iniziali: K. L. Erano iniziali sempre nascoste: a volte in un angolino della tela, altre volte sul retro...

Qualche anno prima, però, Kelly aveva **pubblicamente** dichiarato di essersi pentita e di voler abbandonare per

sempre la carriera di **truffatrice.** Quindi, ormai decisa a cambiare vita, aveva aperto una galleria d'arte.
Ma Frank non ci aveva **MAI** creduto.

Non si era mai fidato di lei, anche se il cambiamento di Kelly era sembrato sincero.

Frank esclamò, con aria grave: – Non ho mai bevuto la storia della sua conversione. Certo, tutti possono cambiare... Ma non lei!

Pensai che stesse esagerando.

Io credo che tutti possano avere una seconda possibilità nella vita, anche chi ha commesso molti errori in passato.

Sono un coniglio fiducioso di natura.

Comunque, ancora non riuscivo a capire come mai Frank fosse così sicuro della colpevolezza di Kelly Leprott riguardo a questa storia delle BANCONOTE FANTASMA...

LA PROSSIMA MOSSA

Frank mi porse l'occhiomagico (una potentissima lente d'ingrandimento di sua invenzione, ovviamente!): voleva mostrarmi qualcosa.

– Joe, guarda dentro l'occhiomagico mentre io scatto di nuovo una FOTO alla banconota con il FANTASMOGRAFO. Sono sicuro che vedremo APPARIRE qualcosa di molto interessante...

Feci come mi aveva detto.

Avvicinai un occhio al suo MARCHINGEGNO, aspettai che lui scattasse col fantasmografo e fissai con attenzione la banconota.

PERDINDICAROTA!

Non potevo credere ai miei occhi!
Frank aveva proprio ragione: davanti a me erano **APPARSE**, in mezzo ai mille ghirigori della banconota fantasma, due piccolissimissime lettere: una K e una L!

INDIZIO!

Con il fantasmografo sono comparse delle iniziali sulle banconote false: K e L. Di chi possono essere queste iniziali?

– Visto?!? Sono le iniziali di KELLY LEPROTT! Ora non puoi avere più dubbi sul suo coinvolgimento in questa faccenda! Ti ho appena risolto un caso, alla ***VELOCITÀ DELLA LUCE!***

L'immagine sulla banconota sparì di nuovo. E di nuovo avevo tra le mani la BANCONOTA FANTASMA, da cui si erano dissolte le ultime tracce visibili... la K e la L non c'erano più.

– L'**inchiostro** usato dai falsari è veramente delicatissimo, Joe! E non c'è modo di 'fissare' l'inchiostro. Ma possiamo fare qualcosa!

Frank si infilò la giacca.

– Andiamo a smascherare la falsaria!

Lo fermai. Non avevamo prove per incolparla! È vero, sulle banconote erano **APPARSE** le sue iniziali, ma *erano solo due lettere* e non serviva un *buon avvocato* per sostenere la tesi che quelle iniziali potevano appartenere a molti **criminali** già ricercati dalla polizia di Konigliapolis: Kim Lemot, Kyle Liftott, Ken Leps...

In anni di ESPERIENZA sul campo, avevo imparato che le apparenze spesso ingannano e che prima di INCOLPARE qualcuno bisogna avere l'assoluta certezza della sua colpevolezza. Ci servivano prove **EVIDENTI** e in quel momento non ne avevamo: per ora non potevamo incolpare KELLY LEPROTT.

Frank sembrò deluso.

Così aggiunsi: – Beh, potremmo lo stesso andare alla sua *galleria d'arte* e dare un'**OCCHIATA** in giro...

Frank ritrovò tutto il suo entusiasmo: – OK, Joe! Vedrai che la incastreremo, noi due!

Noi due?! E chi aveva parlato di *noi due*?

Il camaleontizzatore

Sapevamo dove trovare Kelly. La sua *galleria d'arte* era in pieno centro, proprio dietro la Biblioteca comunale.
Controllai l'indirizzo sul giornale e lessi che, proprio **QUEL GIORNO**, sarebbe stata inaugurata una nuova mostra alla sua galleria. Era un bel colpo di fortuna!
Frank, però, non mi sembrò molto convinto sul da farsi. Per un attimo pensai (anzi, *sperai*!)

che avesse cambiato idea e non volesse più venire con me.
Invece scoprii che era solo perché non voleva trovarsi faccia a faccia con l'ex falsaria.
– Lei sa bene che io non ho mai creduto al suo cambiamento. Capirà subito che la mia presenza alla galleria non è *casuale*!
Proposi allora a Frank di starsene a casa (e dentro di me esultavo all'idea di non portarmelo dietro!).
Ma lui era già all'opera con una delle sue brillanti idee: – No, no! Non dirlo neanche per scherzo! Ho già trovato la soluzione!
Io alzai gli OCCHI al cielo.
Frank si infilò in testa uno strano cappello a cilindro: l'ennesima GENIALATA del mio amico inventore...
Poi annunciò tutto allegro: – Questo è il

camaleontizzatore! È un apparecchio capace di creare un gran numero di facce diverse. Ti spiego: con una serie di ***PROIEZIONI*** olografiche tridimensionali che si sovrappongono al volto di chi lo indossa, il cama-

leontizzatore permette di creare nuove identità per andarsene in giro senza essere **riconosciuti!**

Frank intanto aveva indossato quello strano cappello a **cilindro** e continuò: – Questo vuol dire che KELLY LEPROTT non mi riconoscerà!

E così dicendo... **CAMBIÒ FACCIA!**

Poi saltò baldanzoso a bordo della mia **Camomilla!**

Io ero incredulo e anche un po' stupito.

Ma devo ammettere che Frank aveva ragione: era **IMPOSSIBILE** riconoscerlo!

Alla galleria 'Conigliarte'

Arrivammo in un **battibaleno** alla galleria d'arte 'Conigliarte'. C'era tantissima gente! Camerieri in livrea si muovevano veloci tra gli ospiti, offrendo PRELIBATE tartine alle verdure. Quando arrivammo, Kelly stava parlando con Lex Rabbit, il sindaco di **Konigliapolis.** La riproduzione del famoso quadro *'Carote in notturno'* aveva impressionato il sindaco, che si stava complimentando con lei. KELLY stava dicendo: – Oh, sì, dopo che ho abbandonato il mio passato, mi sono dedicata solo all'arte, *che è ciò per cui sono nata!*

Sembrava sincera e a suo agio in quell'ambiente. Forse ci stavamo SBAGLIANDO sul suo conto. In fondo, perché Kelly Leprott avrebbe dovuto **falsificare** banconote quando i suoi quadri venivano venduti *a suon di finferli?*

Non erano di certo i soldi a mancarle...
Frank sembrò *leggermi* nel pensiero: – Joe, dammi retta! Quella sta **imbrogliando** tutti! A lei non interessano i soldi, ma la fama! Sono sicuro che tutto quello che stiamo vedendo sia solo una copertura della sua reale attività!

Fuori programma

In quel momento Kelly posò il suo sguardo su di noi. Frank si **IRRIGIDÌ**. Ma KELLY non lo riconobbe (per forza, era irriconoscibile con il camaleontizzatore!) e si diresse verso il buffet, dove l'attendevano altre persone che volevano complimentarsi con lei.
Frank voleva avvicinarsi, scrutarla, **OSSERVARLA,** seguire ogni suo passo.
Insomma... non voleva farsi sfuggire il minimo dettaglio!
Iniziò quindi uno slalom tra la folla e i camerieri. Per un attimo pensai che fosse un pedinatore perfetto, **veloce** e scattante.

Ma non feci in tempo a pensarlo, che vidi Frank voltarsi **MALDESTRAMENTE** verso di me, per farmi il segno di *'OK, tutto sotto controllo'*, proprio nel momento in cui un cameriere stava passando lì vicino con un vassoio carico di bicchieri vuoti.
Io mi coprii gli occhi con una zampa.
CHE SCONTRO!

La testa di Frank sbattè con forza contro il vassoio e i bicchieri caddero per terra. Tutti gli invitati si voltarono sorpresi verso Frank. Pensai che peggio di così non potesse andare. Ma mi sbagliavo. Frank si voltò verso di me con un SORRISO imbarazzato e io... INORRIDII! Il camaleontizzatore era stato danneggiato dallo scontro ed era andato in tilt! La faccia di Frank continuava a cambiare a gran velocità! Io avrei voluto sprofondare dalla VERGOGNA.

Gli ospiti, inizialmente sorpresi, iniziarono a **spaventarsi:** la faccia di Frank cambiava in continuazione assumendo forme sempre più **bizzarre.**

Frank urlò, premendo il **camaleontizzatore**:

– JOE, NON RIESCO A SPEGNERLO!

Io corsi verso di lui, gli **STRAPPAI** quell'aggeggio impazzito dalla testa e lo buttai nella ciotola del **succo di carota.**

Per fortuna Frank ritornò ad avere la sua solita, unica faccia. Stavamo per andarcene,

MA UNA RISATA CI SORPRESE ALLE SPALLE...

I QUADRI DI KELLY

Kelly Leprott stava ridendo di noi!
– Che piacevolissimo 'fuori programma'! Non pensavo che la mia mostra potesse interessare al più illustre investigatore di Konigliapolis e a un inventore-poliziotto… in pensione!

Frank era **paonazzo** dall'imbarazzo per essere stato scoperto. Kelly continuò IRONICA e ci presentò con finto orgoglio ai suoi ospiti.

– Gentili ospiti, il signor Carrot e il signor FOSTER ci hanno fatto una meravigliosa sorpresa!

Poi ci fece fare un giro per la galleria, raccontandoci (a voce alta, perché tutti sentissero bene) con quanta fatica e impegno avesse allestito la mostra.

Poi, a voce più bassa, Kelly puntualizzò:

– Se siete qui per cercare qualcosa di losco, rimarrete delusi. Ho cambiato mestiere: ora mi occupo solo di *arte!*

IO E FRANK CE NE ANDAMMO CON LA CODA TRA LE GAMBE.

Quadri esposti alla galleria d'arte di Kelly Leprott

L'ALLEGRA di *Conigliardo da Vinci*

LE CAROTE di *Vincent Van Carrot*

LA NASCITA DELLE CAROTE di *Sandro Leprotelli*

CAROTICA di *Pablo Picuore*

UNA GIORNATA TROPPO LUNGA

Ero veramente **esasperato!**

Frank aveva combinato proprio un bel **PASTICCIO.**

La prima regola di un buon detective è: passare inosservati. Non solo *non eravamo* passati inosservati, anzi... eravamo stati al **CENTRO DELL'ATTENZIONE!**

Frank provò a scusarsi: – Joe, mi dispiace, io non…

– Frank! Se vuoi continuare a seguire questa indagine dovrai stare molto, molto più attento!

Mi sono già pentito di averti portato con me!

Frank aveva sguardo e orecchie basse. Lo riportai al laboratorio e ci salutammo. Lo so, probabilmente ero stato troppo duro con lui. Sapevo che **FRANK** era davvero dispiaciuto e sapevo anche che era convinto di aver ragione sul conto di KELLY LEPROTT, ma in quel momento avevo bisogno di staccare e pensare ad altro. Era stata una giornata fin troppo **lunga** e ora l'unica cosa che mi importava era tornare a casa dalla mia famiglia!

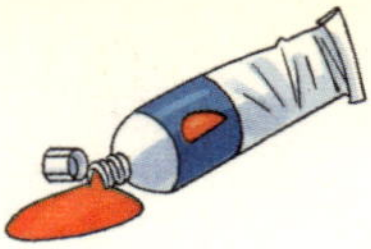

CIAO, PAPY!

Entrai in casa pieno di pensieri.
Ma mi bastò varcare la porta per sgomberare la testa! Per fortuna erano ancora tutti alzati!
Non appena entrato, Ann mi corse incontro allegra, con le zampette un po' sporche di colore (anzi, parecchio! Erano completamente rosse e blu!).
– CIAO, PAPY! GUALDA: HO FATTO UN DISEGNO!
Mi stava mostrando con grande soddisfazione un foglio COLORATISSIMO. C'erano macchie grandi e piccole, e tante linee intorno che si incrociavano.

– È bellissimo! – esclamai SORRIDENDO e abbraciando la mia piccola coniglietta.
– Sai che cos'è? – mi chiese Ann, guardandomi tutta *orgogliosa*.
Io mi grattai la testa e iniziai a dire: – Ehm... ecco... dunque... Se devo essere sincero...
Jane si avvicinò sorridente, mi scoccò un bacio sulla guancia e mi stuzzicò, ridacchiando:
– Dai, Joe, che cos'è?
Assunsi un'aria da *critico d'arte* e dissi, cercando di sembrare convinto: – È un… è una... ehm… è una bellissima… BICICLETTA!
Jane si tappò la bocca con una mano e scoppiò a ridere.

Ann mi guardò storto: – MA NO! È UNA SCAVATLICE CHE STA COSTLUENDO UNA CASA PEL UNA FAMIGLIA DI SETTE CONIGLI COME NOI. NON VEDI?!

E così dicendo indicò una macchia rossa un po' più piccola.

– E QUESTA SONO IO CHE GIOCO CON SUSAN!

Jane mi strizzò l'occhio: – Tranquillo, caro! Io ho detto che era un elefante!

Intervenne anche Susan, che stava passando di lì: – E io un coccodrillo nel fiume!

Ann raccolse i suoi pennarelli, tutta offesa:

– NON CAPITE PLOPLIO NIENTE DI ALTE VOI!

Io esclamai: – Hai ragione, piccolina! L'artista sei tu, non noi, che non capiamo una carota!

Ad Ann passò subito il cattivo umore.

E io, circondato dalla mia famiglia, pensai che se una come KELLY LEPROTT era in grado

di rovinare le mie giornate, io però avevo la fortuna di avere in casa una piccola artista che sapeva farmi ritrovare il SORRISO.
L'arte è una questione di punti di vista, e dal mio punto di vista...

LA MIA FAMIGLIA È LA COSA PIÙ BELLA DEL MONDO!

RISVEGLIO... DI CORSA!

Il mattino dopo mi svegliai di buon umore. AVEVO RONFATO COME UN GHIRO!

Aprii gli occhi poco prima che suonasse la sveglia e vidi che Jane si era già alzata. Il che mi fece venire un sospetto: Jane si alza così presto solo quando...

– Pronto per la CORSETTA, tesoro?

Ecco, appunto. Il mio sospetto era fondato. Jane voleva portarmi a correre! Indossava il suo completino da JOGGING e mi lanciò il

mio. Io ero ancora mezzo addormentato e in pigiama. Lei era già un vulcano di energia e mi saltellava davanti.
– Su, su, pigrone, non fare storie! Lo sai che è importante tenersi in forma. HOP HOP!
Altrimenti come speri di acciuffare tutti i furfanti con cui hai a che fare?
Dolce Jane, se solo VEDESSE quanto movimento faccio durante le mie indagini!
No! No! No! Non ne volevo sapere, non quella mattina!
– Non vorrai inventare una delle tue solite scuse, eh! HOP HOP!
Mi alzai dal letto, le diedi un bacio sul nasino e risposi: – Non sono scuse, TESORO! Oggi devo andare subito in ufficio. Sono nel bel mezzo dell'indagine e prima arrivo, prima risolvo!

Jane stava di nuovo per insistere, ma venne interrotta dalle urla di Susan.

– MAAAAMMA! HAI VISTO IL MIO CERCHIETTO AZZURRO? NON LO TROVO!

Jane mi guardò e disse che ero stato salvato da mia figlia maggiore e io sorrisi ringraziando Susan tra me e me.

Mi infilai sotto la doccia, sbadigliando.

BRRRR, non c'è niente di meglio di una bella doccia fresca per risvegliare subito il corpo e la mente!
Quando arrivai in cucina salutai Kevin e i gemelli che gattonavano sul pavimento.
La tavola era piena di profumatissime frittelle alla carota. Mmm, da leccarsi le orecchie!
Jane e Susan apparvero sulla porta.
Jane era pronta per uscire. Inclinò la testa e mi guardò SORRIDENDO.
– Tesoro, non te lo dico più! Io vado, ma questa è l'ultima volta che ti faccio saltare la nostra CORSA!
Io, con la bocca piena, annuii, facendole segno di OK! E mentre Jane correva fuori casa passai a Susan il suo piatto con la frittella.
MANGIAMMO DI GUSTO.
– Trovato il cerchietto, tesoro?

– Macché, è **SCOMPARSO!** Uff, oggi volevo proprio metterlo!
In quel momento apparve alle sue spalle la piccola Ann che aveva in testa *proprio* un cerchietto azzurro.

Le cose si mettevano **male**! Susan non sopportava che la sorella le rubasse le sue cose.
Io cercai di fare qualche **SEGNO** ad Ann, evitando che Susan mi vedesse, per farle capire che doveva **restituirlo subito** a sua sorella. Ma...

– Ehi, quello è MIO!

Ann rispose con una buffa espressione.
– NO, È MIO! L'HO TLOVATO!
Susan si alzò da tavola alla velocità della luce e corse verso Ann, che iniziò a scappare ridendo: – SE LO LIVUOI DEVI RIPLENDELLO!
– Se ti prendo sei finita!
Ma anche Susan adesso rideva. E anche a me venne da ridere. Era evidente che le donne di casa Carrot al mattino amano CORRERE!
Ma GUARDANDO l'orologio mi accorsi che anch'io dovevo muovermi.
Beh, era ancora più evidente che in casa Carrot non si sta mai fermi!

LA BANDA DEGLI INVISIBILI

Dopo aver accompagnato i ragazzi, mi diressi all'agenzia. Come sempre passai davanti all'edicola del mio amico Gutenberg.
Era **tappezzata** dalle prime pagine dei

giornali con la scritta:

ATTENTI ALLA BANDA DEGLI INVISIBILI!

Gutenberg mi disse:

– HAI VISTO JOE?

Hanno dato un nome ai conigliastri che ci stanno **truffando!**

Io ero senza parole! Presi tutti i giornali e *CORSI* in agenzia.

Lì il telefono squillò. Rispose mia mamma Artemisia, nel suo solito modo: – *Veloce e lesto, Joe Carrot risolve il caso al più presto! Qui è l'agenzia, chi parla, per cortesia?*

Io alzai gli **OCCHI AL CIELO.**

– Joe, è per te. È Jane!

Mamma Artemisia mi passò la cornetta e mi

accorsi subito dal tono che Jane era molto **preoccupata.**

– Joe, è terribile… LA BANDA DEGLI INVISIBILI ha colpito anche qui alla libreria!

Anche Jane ormai li chiamava così!

– È incredibile, Joe! Avevo in mano una banconota da 100 finferli e all'improvviso l'immagine è **SCOMPARSA...** svanita!

Cercai di tranquillizzarla e le chiesi di concentrarsi. Volevo che mi *descrivesse* chi le aveva dato quella banconota. Jane parlò di un coniglio di **media** statura, di **media** costituzione, dalle orecchie di lunghezza **media.**
Insomma... un coniglio *qualunque*!!!
Jane mi disse che il tipo aveva acquistato un costoso libro d'arte sulla pittura conigliesca.
– Pittura conigliesca?! **PERDINDICAROTA!**
Sta' a vedere che il vecchio **FRANK** ha ragione e in tutto questo c'entra proprio KELLY LEPROTT!
Jane non capiva: – Chi è Kelly Leprott?! Ti ho detto che il **truffatore** era *un* coniglio, non *una* coniglia!

INDIZIO!

Nel negozio di Jane si è presentato un coniglio con le banconote false. Potrebbe essere un complice di Kelly Leprott... quale dettaglio sembrerebbe legarlo a lei?

Cercai di spiegare a Jane il mio RAGIONAMENTO:
– Kelly Leprott è una famosa falsaria, che sta facendo credere a tutti di aver cambiato vita. Ipotizziamo che Kelly abbia dei complici! Sì, insomma, qualcuno che lavori con lei in questa truffa!
Jane chiese: – Ma che cosa c'entra il libro sull'*arte conigliesca,* scusa?
Io continuai a spiegare: – Kelly ha una galleria d'arte. In passato, quando era una falsaria, Kelly amava *firmare* le sue opere e lasciare tracce. E ora quel libro di pittura sembra quasi un suo *autografo:* un invito a catturarla! Un 'prova a prendermi, se ci riesci!'.
Jane disse, dubbiosa: – Un po' difficile cercare di prenderla, se le uniche tracce esistenti svaniscono nel nulla!
Devo ammettere che Jane aveva ragione.

Ma ora non c'era un **attimo** da perdere. Dovevo tornare da Frank Foster!

IL PUNTO DELLA SITUAZIONE

1 Qualcuno sta truffando i commercianti di Konigliapolis usando BANCONOTE FANTASMA, cioè banconote false da cui SCOMPARE l'inchiostro!

2 Con l'aiuto del mio amico inventore Frank Foster, detto 'Il Genio', abbiamo scoperto le iniziali KL tra le tracce di inchiostro scomparse sulle banconote.

3 I nostri sospetti sono caduti su Kelly Leprott, una famosa falsaria che ama firmare da sempre le sue 'opere', anche quando si tratta di opere truffaldine!

4 Ma Kelly Leprott sembra diventata onesta: ora ha aperto una galleria d'arte!

5 Moltissimi commercianti di Konigliapolis sono stati truffati: anche Jane è stata truffata da un coniglio che ha acquistato un libro d'arte!

DI NUOVO IN AZIONE!

Frank fu felicissimo di vedermi.
E anch'io... Volevo scusarmi con lui: in fondo il giorno prima ero stato BRUSCO.
Frank non me ne diede il tempo e mi sommerse di parole.
– Entra, Joe, accomodati! Sono così felice che tu non sia più arrabbiato! Prometto che non sbaglierò più! *Promettissimo!*
IL SOLITO FRANK...
– Frank, dobbiamo tornare in azione! E ci serve un nuovo **travestimento.** Questa volta che funzioni! – E gli feci l'occhiolino.
Poi continuai: – Voglio dare un'occhiata da

vicino all'abitazione di KELLY LEPROTT.
SEI PRONTO?
– Che domande! Certo che sono PRONTO! PRONTISSIMO! Vuoi che prendiamo una delle mie invenzioni? Ho una favolosa LAVACREATRICE che crea ogni tipo di costume e travestimen...

– Geniale, Frank! Quello che ci serve sono proprio costumi e parrucche. Ci travestiremo da operai del pronto intervento, per non dare troppo nell'OCCHIO!
Così, dopo esserci travestiti (lo ammetto: eravamo piuttosto buffi!), io e Frank ci dirigemmo alla casa di Kelly Leprott.
La casa di Kelly era un'*elegante* e maestosa villa nella zona dei mercati, che si affacciava

direttamente sul fiume Rivabella, circondata da una **lunghissima** cancellata. Il piano prevedeva che Frank azionasse un **disturbatore di frequenza** per la televisione. Poi eravamo pronti ad agire! *Se c'è un guasto da riparare, Joe e Frank lo possono fare* (per i denti del **Gran Koniglio**, iniziavo a parlare come mia madre!).

UN BUCO... NELL'ACQUA!

Kelly aprì la porta, stupita di vedere due operai. Si era appena accorta del **guasto** alla tv e non pensava che l'intervento dei tecnici sarebbe stato così **IMMEDIATO!**

Io risposi subito:
– Ehm... a dire il vero questo guasto era già stato **previsto...** per un sovraccarico di **energia** all'antenna

televisiva della città... sì, ecco... e quindi stiamo passando di casa in casa per vedere i danni!

Le feci un sorriso TUTTODENTI, sperando che credesse alla mia bugia.

PER FORTUNA CI CREDETTE!

Kelly Leprott ci fece accomodare e ci pregò di risolvere il problema.

Frank e io fingemmo di lavorare vicino alla televisione e iniziammo a guardarci attorno, in cerca di indizi.

Frank si mise a frugare in alcuni cassetti del salotto, ma non c'era nulla di interessante né di compromettente.

Ma improvvisamente KELLY ci sorprese e chiese, incuriosita: – Ma come mai due antennisti GIRONZOLANO per casa invece di essere sul tetto, a riparare l'*antenna*?!

Io e Frank ci guardammo senza sapere che cosa rispondere.
– Ehm, già... appunto... sì... l'antenna...
Kelly, un po' sospettosa, ci fece segno di seguirla: – Da questa parte!
Frank e io salimmo in cima al tetto con la scala a pioli che avevamo preso dal furgone.
Mi tremavano le orecchie per la paura.
Io soffro di vertigini!!!! È normale: noi conigli siamo abituati a vivere sottoterra... quindi l'altezza è sempre un problema, per noi!
Una volta sul tetto, cercai di AGGRAPPARMI a Frank e mi voltai verso di lui, sperando che potesse TRANQUILLIZZARMI. Invece...
Lo vidi aggrappato con tutte le sue forze all'antenna della casa.
Non ci potevo credere: anche lui soffriva di vertigini!

Ora eravamo tutti e due **TERRORIZZATI.**

Cercammo di tornare verso la scala, ma (nell'ordine):

SCIVOLAMMO sulle tegole...

... INCIAMPAMMO nei cavi dell'antenna...

... cercammo di aggrapparci, io alla grondaia, Frank all'antenna...

... ma poi finimmo nel fiume che scorreva lì vicino!

Frank e io cercammo di raggiungere a nuoto l'altra riva del fiume. Ma ci accorgemmo che lì qualcuno ci stava aspettando...

– Ha! Ha! Ha!

Kelly era lì, che stava **RIDENDO** di noi.
E quanto rideva!
– Guarda guarda... Joe Carrot e **FRANK FOSTER.** Ci incontriamo di nuovo! Quante volte ve lo devo dire che non ho niente da nascondere?! State facendo un buco nell'acqua! O dovrei dire... *tuffo*?! Ha! Ha! Ha!
Mi tremavano le orecchie per l'esasperazione.
Era la seconda volta che le cose non andavano per il verso giusto.

E NON DOVEVA CAPITARE PIÙ!

Ha, ha, ha!

LA TALPA

Sentivo che dovevamo allargare le indagini! Tornai quindi nel mio ufficio e lì decisi, d'accordo con Frank, di **concentrarci** sulla figura del furfante che se ne andava in giro a spendere le **banconote false,** facendosi beffa degli onesti commercianti di Konigliapolis. E mamma Artemisia fu efficientissima a **trovare** informazioni!

In poco meno di due ore aveva raccolto tutte le **dichiarazioni** dei commercianti raggirati.
E, indovinate un po', la descrizione del furfante corrispondeva sempre! Proprio come aveva detto Jane, si doveva cercare un coniglio di **media** statura, di **media** costituzione, dalle orecchie di lunghezza **media.**
Ma in più avevamo **SCOPERTO** che aveva occhi e capelli scuri.
Frank esclamò entusiasta: – Ora che abbiamo un minimo di descrizione, possiamo usare il mio **IMMETTIKIT!**
– IMMETTI... CHE?!
Frank mi spiegò che, tra le sue invenzioni, aveva costruito uno strumento **portentoso,**

in grado, anche con pochi elementi, di creare un fedele *identikit*, cioè un disegno dettagliato che riproduce esattamente le caratteristiche della persona da ricercare.

– È proprio quello che ci serve! – concluse Frank.

CORREMMO al suo ufficio e il mio amico si mise a manovrare i mille TASTI dell'aggeggio chiamato Immettikit!

– Basterà inserire i dati del misterioso coniglio nel mio Immettikit e avremo finalmente... una faccia da cercare! Eccola qui!

In quel momento apparve la faccia di un coniglio... che non mi era nuova! E neppure a Frank...

– MAXIE MAXVELL! Meglio noto nell'am-

biente come TALPA! Guarda guarda...
Un vecchio complice di Kelly Leprott!
Frank sapeva tutto di lui.
– Si è guadagnato il soprannome di TALPA per via del suo carattere schivo e riservato.
Non ama stare in mezzo alla gente.
Trascorreva (e forse trascorre ancora) tutto il suo tempo in una tipografia clandestina.
È sempre stato lo stampatore della Leprott.
Un tipo sfuggente, dalla faccia qualunque…

Nome: MAXIE
Cognome: MAXVELL
Soprannome: TALPA
Segni particolari: nessuno. Sembra proprio un coniglio qualunque!
Occupazione: furfante attivamente impegnato nella falsificazione di tutto ciò che può essere stampato (soprattutto banconote di finferli!).

– Ma certo! Il tipo giusto per andarsene a spasso a piazzare **banconote false!**
Sentivo che eravamo sulla buona strada.
Ma avevo ancora bisogno di un'ultimissima conferma: questa volta non potevo permettermi di **PRENDERE UN GRANCHIO** (come si dice nell'ambiente), ovvero di sbagliare!
Così, per ultima sicurezza, mandai la foto di **MAXVELL** sul cellulare di Jane.

Lei rispose subito con un messaggino: **È LUI!**

Forse una traccia...

Purtroppo scoprimmo che di Maxie, detto **TALPA**, si erano perse le tracce da tempo: non si sapeva che **GIRI** frequentasse, non si sapeva NIENTE DI NIENTE!
A un certo punto mi venne un'**idea:** Tito Scarola, il proprietario della pizzeria che si era rivolto a me qualche giorno prima, poteva **risolvere** questa situazione!
Avevo un piano ben preciso, che forse avrebbe funzionato.
Frank non capì subito le mie intenzioni: – Joe, non mi sembra proprio

il momento di ordinare una pizza! Però, devo dire che anch'io ho una certa fame...

Io SORRISI e gli feci cenno di attendere, mentre chiamavo Tito con il cellulare.

Lui rispose: – Sì, Joe! Confermo! Il furfante che mi ha raggirato aveva ordinato proprio tre pizze *da portar via*! E ha aggiunto che avrebbe dovuto CORRERE per non far raffreddare le pizze perché era a piedi.

Era quello di cui avevo bisogno per credere nella mia intuizione. In quelle pizze forse c'era la TRACCIA decisiva per trovare Maxie. E, se non mi sbagliavo, presto avremmo anche trovato la tipografia dove venivano stampate le BANCONOTE FANTASMA.

Frank mi fissava **incuriosito**:

– Che cosa c'entrano le pizze, Joe?

Io gli risposi a mia volta con una domanda:

– Dimmi Frank: a te piace la pizza **FREDDA?**

– Ma che domande fai? Certo che no!

A nessuno piace la pizza fredda!

– Esatto! Quindi, se Maxie è andato a prendere le **pizze** da Tito, per mangiarsele da qualche parte, vuol dire che la tipografia *non è molto distante dalla pizzeria di Tito*!

INDIZIO!

Avete capito anche voi? Maxie (Talpa) è andato a prendere 3 pizze (quindi vuol dire che le avrebbe mangiate con altre persone. A meno che non avesse una fame coniglia!) ed era a piedi. Che cosa significa?

FUOCHINO! FUOCHINO!

Frank corse a prendere una cartina di **Konigliapolis** che teneva in un cassetto e la srotolò sul suo tavolo da lavoro. Poi disse, segnando con una **X** un punto: – Mmm... Vediamo un po'... Qui c'è la pizzeria di *Tito Scarola*...

Poi ci chiedemmo: dove poteva **nascondersi** una tipografia segreta? Sapevamo che una **tipografia** è un luogo molto rumoroso e quindi, se vivi in **CLANDESTINITÀ** (cioè in segreto), non vuoi che il rumore venga sentito. E, per coprire il rumore, non c'è niente di meglio che... **ALTRO RUMORE!**

Io riflettei, scrutando la piantina della città:

– Quindi... se non dobbiamo allontanarci troppo dalla pizzeria di Tito Scarola...

Frank spalancò gli occhi, puntando il dito sulla piantina, e urlò: – Ecco!

Io **sobbalzai** (mi era preso un colpo!).

Dovetti però ammettere che Frank aveva fatto centro: la zona del **PORTO** era il luogo ideale per una **tipografia clandestina!**

PIZZERIA 'LE CINQUE STAGIONI'

AL CALAR DEL BUIO...

Al calar della sera, Frank e io andammo al porto. Per non dare nell'**OCCHIO,** parcheggiammo la mia **Camomilla** in una vietta buia e proseguimmo a piedi.

La luna illuminava le banchine del porto, che era ancora in piena attività: c'era dappertutto gente **indaffarata,** navi che venivano scaricate e camion che trasportavano merci.

– **Qui non dormono mai, eh, Joe!**

In effetti, mentre la città intorno si preparava a dormire, qui erano **tutti svegli.**

Sentivo che stavamo seguendo la pista giusta e questo mi faceva **vibrare** le orecchie per

l'emozione. Ci muovevamo tra i capannoni sperando di trovare qualche TRACCIA o di sentire un rumore SOSpettO. Frank aveva preso seriamente il ruolo di investigatore.
Si accorse che lo stavo fissando.
– Che cosa c'è, Joe? Non ti convince la mia aria investigativa? Uhm... Che ne dici di questa?
E così dicendo mi mostrò una serie di espressioni, una più... investigativa dell'altra!

UNO, DUE, TRE... PROVA!

Dovete sapere che il porto di Konigliapolis è molto grande. Quindi, per poterlo ESPLORARE tutto, proposi a Frank di dividerci.

– Avremo più possibilità di scoprire qualcosa!

Dovevamo passare al setaccio tutta la zona e avevamo bisogno di farlo VELOCEMENTE.

Frank frugò dentro le sue tasche e tirò fuori due specie di TAPPI PER LE ORECCHIE.

– Tieni, questi ci permetteranno di mantenerci in contatto!

Io spalancai gli occhi: – Tappi per orecchie?!
FRANK alzò gli occhi al cielo: – Joe, secondo te ti darei da mettere dei TAPPI PER LE ORECCHIE?! Ma per chi mi hai preso?! Guarda che sto prendendo *molto seriamente* questo incarico!
'Fin troppo!', pensai. Ma non lo dissi.
Frank continuò a spiegare: – Sono la mia ultima INVENZIONE, proprio di ieri notte.
Si chiamano **'Uno, due, tre... PROVA!'**.
– Come, scusa?!
Frank sorrise: – In effetti è un nome un po' **lungo** per un'invenzione. Ma ieri notte ero in vena creativa!
'Ommamma', pensai. Ma non lo dissi.
Frank continuò: – Sono dei microtrasmettitori auricolari. Sono microfoni piccolissimi e molto

potenti che permettono di parlare tra di noi, anche a distanza e senza l'ingombro di **telefoni cellulari.** Fidati, funzionano **benissimo!**

E infatti indossai i tap… ehm, i microtrasmettitori e sentii, proprio dentro il mio orecchio, la voce di Frank.

– **Uno, due, tre... PROVA!**

ARGH!!! PERDINDICAROTA!

Il volume era altissimo!

– Ho, ho, ho! Hu, hu, hu! Ha, ha, ha!

Scusa Joe, devo aver dimenticato di regolare il volume! Ecco, ora possiamo andare.

Sperai solo che il fischio alle orecchie passasse in fretta...

IL PORTO DI KONIGLIAPOLIS

1) Yacht club
2) Molo
3) Parte vecchia
4) Area in ristrutturazione
5) Cantiere navale
6) Museo navale
7) Parcheggio
8) Centro medico
9) Area commerciale

3
4
5
6
8
9
7

INIZIA LA PERLUSTRAZIONE

Io mi diressi verso la parte vecchia, Frank verso i capannoni del cantiere navale.
Camminavo circospetto, con passo **Felpato.**
Il mio sesto senso di coniglio investigatore era all'erta.

ERO ATTENTO A TUTTO... O QUASI!

Troppo concentrato a guardare dentro ai capannoni, non mi ero accorto dell'operaio che stava venendo verso di me, **trasportando** scatoloni.
Gli andai addosso, facendo **cadere** tutto quello che aveva in mano.
– Ehi! Fa' **attenzione!**

Vidi che ero andato a sbattere contro un coniglio **enorme**, dalle braccia **enormi**, dalle orecchie **enormi**!

– Scu-scusi! Non... non l'avevo vista!

Il coniglio mi guardò storto e pensai al peggio (per la mia salute, GLOB!).

Ma poi... si mise a **ridere!**

– Certo che è difficile *non* vedere un tipo come me! Ma a che cosa stavi pensando, amico?! E che cosa ci fa un coniglio come te da queste parti, a quest'ora di notte?
Io mi asciugai il sudore con una zampa (me l'ero proprio vista brutta!) e risposi:
– In effetti sto cercando QUALCOSA!
– Dimmi pure. Sono *tutt'orecchi*!
Il tipo SCOPPIÒ di nuovo in una grossa risata. E devo dire che anch'io trovai la sua battuta DIVERTENTE (aveva davvero due orecchie enormi!).
Lui mi porse la zampa: – Ciao! Io mi chiamo Sam!
– E io Joe! Joe Carrot. Sono un investigatore privato e sono qui perché sto facendo delle indagini. Forse tu puoi essermi utile! Conosci bene il porto?

– Come le mie tasche, amico! Lavoro qui da **VENT'ANNI!**
– Perfetto. Sam, ultimamente hai notato qualcosa di STRANO? Gente nuova? Rumori STRANI?
– Niente di niente. Almeno non in questa zona del porto. E comunque ti assicuro che se da queste parti ci fosse qualcosa di STRANO, io lo saprei!
Lo ringraziai comunque. Anche se non avevo trovato nulla, almeno Sam mi aveva aiutato a risparmiare tempo: lì non avrei più dovuto cercare.
Sperai che Frank avesse avuto più fortuna di me nella ricerca e decisi di tornare indietro, per RAGGIUNGERLO.
Ma proprio mentre tornavo al punto da cui ci eravamo divisi, sentii la sua voce, nel mio

orecchio: – Joe, ci siamo! Li ho trovat...
La comunicazione si **bloccò** di colpo, come se qualcosa (o peggio *qualcuno*!) l'avesse **INTERROTTA.**
Per i denti del Gran Koniglio!

CHE COSA ERA SUCCESSO A FRANK?!
E DOV'ERA?!

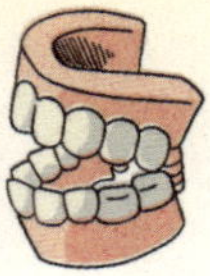

CHE PAURA!

Provai a chiamarlo più volte.
Ma non ricevetti risposta.
Eravamo in un PASTICCIO DI CAROTE!
Sapevo solo che Frank si era diretto verso il cantiere navale.
Così corsi in quella **DIREZIONE:** ero preoccupatissimo e mi sentivo terribilmente in colpa. Ero stato *io* a coinvolgerlo in questa indagine. OK, lui aveva insistito (come al solito). Ma io avrei dovuto **rifiutare** il suo aiuto (come al solito!). Era davvero troppo pericoloso per lui! *Lui* non era un **investigatore**!

Se fosse successo qualcosa al buon vecchio Frank non me lo sarei **mai** perdonato! **Mai!**

CORREVO, mentre queste preoccupazioni mi affollavano la testa. All'improvviso...

CRC! CRC! CRC!

Sentii alcuni suoni disturbati nel mio orecchio. **Sembravano voci!**

Immaginai che Frank fosse vicino a qualcuno che stava parlando.

Poi riconobbi un suono che non mi piacque per niente: come un **battere di denti!**
Frank era stato catturato e ora stava battendo i denti dalla **PAURA!**
'Resisti, Frank!', pensai.
Ma a un certo punto, il mio sesto senso di coniglio **investigatore** si mise a funzionare. Quel **battere di denti,** in realtà, era troppo regolare e poteva essere...

INDIZIO!

Hai capito anche tu che cosa può essere stato a generare un rumore di battere di denti così regolare?

BATTITI MISTERIOSI

Frank *non* stava **battendo i denti** per la paura. Quello era un battito di denti *strano*! Quasi... ritmato! Frank stava cercando di mandarmi un **messaggio** utilizzando

l'alfabeto Morse!

Ogni combinazione di battiti corrispondeva a una lettera!

Punto. *Pausa...* Punto, linea, punto, punto. *Pausa...* Linea, punto, punto. *Pausa...*

Tirai fuori dalla tasca carta e penna e iniziai a prendere nota.

L'ALFABETO MORSE

È un codice (infatti si chiama anche codice Morse!) utilizzato per trasmettere messaggi via radio. Lettere, numeri e segni di punteggiatura si trasformano in battiti di diversa lunghezza, intervallati da pause. Questi battiti vengono rappresentati da punti e linee a seconda della loro lunghezza.
Ecco l'alfabeto Morse:

A .-
B -...
C -.-.
D -..
E .
F ..-.
G --.
H ....
I ..
J .---
K -.-
L .-..
M --
N -.
O ---
P .--.
Q --.-
R .-.
S ...
T -
U ..-
V ...-
W .--
X -..-
Y -.--
Z --..

Pian piano stavo componendo un nome:

E-L-D-O-R-A-D-O!

Frank mi stava dicendo 'El Dorado'!

Questo voleva dire due cose:

1) ora sapevo che Frank *stava bene!*

2) ora sapevo **che cosa** cercare!

ELDORADO

Mi guardai ATTORNO in cerca di un magazzino o un capannone con l'insegna 'EL DORADO', ma non vidi niente. Superai il Museo Navale e sbucai in una parte buia del porto.

FU ALLORA CHE LA VIDI.

Lì, attraccata, c'era una vecchia nave arrugginita, pronta per essere rottamata. Sulla fiancata, sotto strati di ruggine, era ancora ben leggibile una scritta: EL DORADO!

MUSEO NAVALE: PIRATI FAMOSI

La storia dell'Arcipelago dei Conigli è ricca di racconti e leggende di grandi pirati. All'interno del Museo sono conservate le navi che solcarono gli oceani negli anni della pirateria.
Tra galeoni, velieri e vascelli, spiccano le immagini di tre grandi pirati, i più famosi e temuti di tutti i tempi.

CHI NON CONOSCE LA BANDIERA DEI PIRATI? ESISTE DA SEMPRE E DA SEMPRE SPAVENTA CHI LA VEDE APPARIRE IN MEZZO AL MARE!

Francis Carotin, detto CAPITANO NERO: fu il più grande corsaro di tutti i tempi. Golosissimo di carote, quando ebbe il comando del suo primo galeone, iniziò a rubare i ricchi carichi di carote delle varie navi. La sua impresa più famosa è nota come 'l'assalto delle mille carote'. Dopodiché si ritirò. Aveva fatto indigestione!

John Kidd, detto
BAFFOMARRONE: protagonista di grandi viaggi, nascondeva il suo galeone nella caletta di Florinda, ai tempi chiamata 'La tana del pirata'. Aveva più di 40 figli. La leggenda racconta che il suo tesoro sia sepolto da qualche parte sull'isola di Las Carotas. Ma nessuno l'ha ancora trovato.

Morgan Orange, detto
IL GENTILE: era il capo dei mari che circondavano la Grande Carota. Nessuna nave si poteva avvicinare senza il suo permesso. Inventò la regola del pirata: nessun pirata può attaccare un collega! Regalava i suoi tesori a chi ne aveva più bisogno. Da qui il soprannome 'Il Gentile'.

El Dorado

Mi avvicinai all'EL DORADO, controllando che non ci fosse nessuno lì attorno. L'entrata della nave era lì, **davanti** a me. Ma non potevo entrare dall'ingresso principale. Se Frank fosse stato **rinchiuso** lì dentro, di sicuro non era da solo. Quindi non dovevo farmi **VEDERE.** Dovevo trovare un altro modo per entrare e sfruttare l'effetto sorpresa. Guardai la nave da entrambi i lati e fui fortunato. La nave era talmente arrugginita e danneggiata che riuscii a trovare un'apertura sulla fiancata, abbastanza grande da poterci passare. Prima di avventurarmi all'interno, parlai a Frank, sperando avesse ancora nelle orecchie i suoi auricolari:

– Sto arrivando, amico!

Attesi una risposta che sembrò non arrivare, ma poi...

– Linea linea linea, *pausa*, linea punto linea!

Stava dicendo 'OK'!

Io sospirai. Poi continuai: – Ora, Frank, smetterò di parlare per non farmi sentire!

Ma lascio aperto il nostro collegamento audio!

Di nuovo 'OK'!

Questo vuol dire **OK**:

– – –   – . –

NELLA PANCIA DELLA NAVE

Ero dentro!

Ci misi qualche minuto ad abituarmi alla **PENOMBRA.**

Mi trovavo nella stiva, cioè nella parte bassa della nave. O meglio, in quel che ne restava.

Non so da quanti anni quella nave fosse lì, né per quanti anni avesse **VIAGGIATO** per mare. Di sicuro aveva una lunga storia alle spalle, ma rimaneva ben poco del tempo in cui aveva solcato gli **oceani.**

Camminavo su un pavimento scricchiolante, consumato dall'umidità.

OGNI PASSO ERA RISCHIOSO.

PERDINDICAROTA! Lì avrebbe potuto crollare tutto da un momento all'altro. Dovevo stare molto attento a dove mettevo le ZAMPE!

Camminavo lentamente, quando un rumore mi sorprese.

SCRUNCH!

Scattai in avanti, in cerca di un nascondiglio, ma misi il piede su una trave completamente consumata, che crollò sotto il mio peso!

AAGH!!

–ARGH!!!

Stavo precipitando nel vuoto!!!
Non sarò un coniglio atletico, ma per fortuna ho riflessi abbastanza **pronti**.
All'ultimo, riuscii ad aggrapparmi al volo a una VECCHIA corda da marinaio che penzolava nella stiva.

Ero salvo!

Scrunch! Scrunch!

Mi calai dalla corda fino a raggiungere il pavimento sotto di me. **Perdindicarota,** mi ero preso un bello spavento!

SCRUNCH!

Di nuovo quel rumore!
Questa volta non mi spaventai, anche perché vidi che cos'era: era *solo* un topolino che rosicchiava una corda!
Che babbeo a spaventarmi così...
Poi però sentii un altro **rumore:**

un rumore in lontananza, da un'altra parte della nave.

TONF TONF TONF TONF TONF TONF
TONF TONF TONF TONF TONF TONF

Sembrava... sembrava proprio il rumore di una macchina tipografica!

Ormai ero sempre più convinto che, se l'avessi seguito, avrei scovato la... Banda degli Invisibili.

TONF TONF TONF!

Seguendo quel **TONF TONF,** arrivai in una stanza che si affacciava su un grande salone.
Avevo trovato il posto della tipografia clandestina!
– L'ho trovata! – sussurrai.
Lo dissi perché volevo che **FRANK** mi sentisse attraverso gli auricolari.
Mi appiattii contro il muro e mi affacciai con cautela.
Ed eccola lì: davanti a me c'era la BANDA DEGLI EX-INVISIBILI!
Prima di tutti vidi KELLY LEPROTT, la truffatrice con la T maiuscola!

Poi riconobbi Maxie, detto 'Talpa', che armeggiava vicino alla macchina tipografica. E, sorpresa delle sorprese, ecco un **terzo coniglio** che riconobbi in meno di due **OCCHIATE**: Eddy Colletto, altro coniglia-stro fin troppo noto nel mondo dei **falsari!** Era un famoso ladro, dall'aspetto *elegante,* che si era specializzato in furti di formule chimiche. Ora era chiaro chi avesse trovato

Nome: EDGAR
Cognome: COLLETTO
Soprannome: EDDY
Professione: ladro
Hobby: chimica
Segni particolari: non esce mai senza la camicia bianca inamidata.

la misteriosa formula per stampare le **finte banconote** che scomparivano!
Osservavo la scena dall'alto, nascosto dietro a grossi scatoloni.

FRANK era lì.

Era legato a una sedia, vicino alla macchina tipografica.

'Devo fare qualcosa!' pensai.

GIÀ, MA CHE COSA?!

ALL'IMPROVVISO UN'IDEA!

Che cosa avrei potuto fare? Ero solo contro tre **avversari,** che non sembravano intenzionati a lasciare la sala (almeno a breve).

Kelly, infatti, stava **DICENDO** qualcosa:

– Maxie, prepara una nuova stampa per le **banconote.** Questa volta però facciamo solo biglietti da 500 finferli! Voglio comprarmi qualche **gioiello!**

Era il momento di farsi venire un'idea **brillante.**

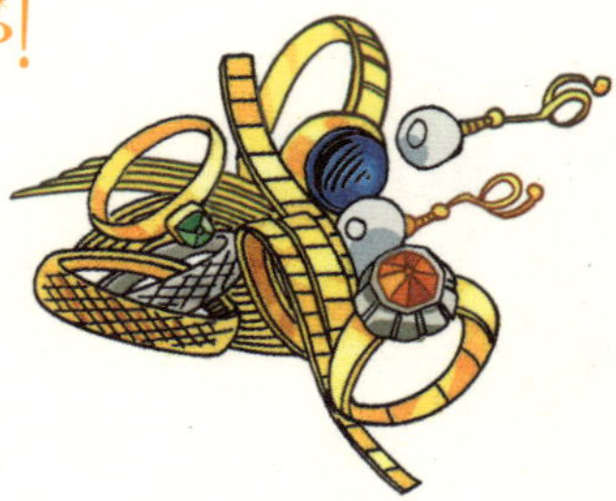

– Dai, Joe! Sei un buon investigatore, usa un po' di cervello…

pensa, pensa, pensa, pensa, pensa, pensa…

FINALMENTE MI VENNE UN'IDEA…

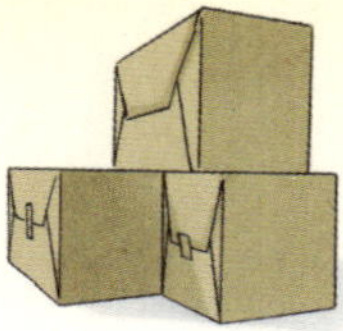

ALLO SCOPERTO!

Questa era la mia idea: avevo notato che la sala della tipografia aveva due ingressi.
Poi avevo notato che per terra c'era una corda. Mi avvicinai e l'afferrai.
Così potevo giocare d'astuzia!
Mi spostai al secondo ingresso e legai la corda

attorno agli scatoloni che c'erano davanti. Poi tornai al primo ingresso, tenendo la corda tra le mani.

ORA ARRIVAVA IL BELLO.

Senza farmi vedere, urlai: – Ehilà, banda! A quanto pare, non siete più INVISIBILI!

I tre furfanti si voltarono immediatamente verso di me. Ma non mi videro (mi ero nascosto bene!).

Kelly però riconobbe la mia voce.

– Finalmente sei arrivato, Joe! Ti stavamo aspettando! Dove ti sei nascosto?

Poi KELLY continuò: – Il tuo amico inventore è nelle nostre mani! E tu presto gli farai compagnia!

Quindi disse ai suoi uomini: – Non perdete tempo! **ACCIUFFATELO!**

Era quello che aspettavo.

Maxie e Eddy iniziarono a CORRERE verso le scale, seguiti da Kelly. Stavano venendo proprio verso di ME.

Il mio piano era di restare fermo, immobile, mentre i tre si avvicinavano alle scale e...

Fu allora che, dal mio nascondiglio davanti alla prima porta, tirai con forza la corda legata agli scatoloni davanti al secondo ingresso.

RUMBLE! RUMBLE!

I tre sentirono il rumore e...

ABBOCCARONO!

Kelly indicò la seconda porta e urlò:

– PRESTO! Sta scappando da quella parte! ANDIAMO!

Il rumore li aveva ingannati! I tre furfanti si precipitarono verso la seconda uscita, mi passarono vicini e corsero nei corridoi della nave.

– Prendetelo, non deve scapparci!

Sentii la voce di Kelly allontanarsi.

Era proprio quello che volevo!

ORA AVEVO VIA LIBERA!

Prendetelo!

TAGLIAMO LA CORDA!

Potevo finalmente liberare Frank!
CORSI da lui: era lì che si stava agitando sulla sedia per l'emozione.
Ero così felice di poterlo liberare!

– Oh, Joe, sapevo che mi avresti trovato, che avresti capito il mio **codice!** L'ho sempre detto che sei il miglior investigatore di **Konigliapolis!**

Non potei fare a meno di SORRIDERE, mentre lo slegavo: – Per forza, Frank! Sono l'unico! He, he, he! Sono felice che tu stia bene, ma ora abbiamo altro a cui **pensare.** La nostra **AVVENTURA** non è ancora finita!

Frank si alzò in piedi di scatto.

– Hai ragione, Joe! Dobbiamo fermare quei tre **furboni** prima che taglino la corda!

Lo fissai.

– Dobbiamo?! No, Frank! *Questa volta* tu aspetterai qui! Hai già **rischiato** abbastanza per me! Questa è una questione che devo risolvere **da solo!**

Frank cercò di ribattere, ma gli feci cenno di tacere. La voce di Kelly si stava di nuovo **avvicinando.**

– ... siete degli **sciocchi!** Era una trappola! Qui non c'è nessuno! **ORA TROVATELO!**

Non c'era tempo di discutere con Frank. Gli ordinai quindi di rimanere nascosto. Frank, forse per la prima volta nella sua vita, mi ascoltò.

Scappa, Joe!

Non appena Frank si fu messo al sicuro, decisi di giocare il TUTTO PER TUTTO.

Era il momento di affrontare i miei avversari!

– YUUUU-HUU! Ehilà! Sono qui!

Kelly mi aveva visto e urlò:

– ECCOLO! È LAGGIÙ!

Mi misi a correre più VELOCE che potevo.

Ero sicuro che mi avrebbero inseguito, ma sapevo già dove andare!

Tornai quindi nella stiva, verso il passaggio che mi aveva permesso di entrare nella nave.

Lo stesso posto dove... era crollato il pavimento e io mi ero salvato aggrappandomi alla

Eccolo!

corda! Sentivo i passi di Maxie, Eddy e Kelly alle mie spalle. Correvano veloci verso di me. NON AVEVO MOLTO TEMPO...

– Non fatevelo scappare!
La voce di Kelly era sempre più vicina!
Arrivai nella stiva camminando piano per non far crollare il pavimento, poi mi fermai e mi girai ad ASPETTARLI. Maxie e Eddy furono i primi a entrare nella stiva. Kelly apparve subito dopo dietro di loro.
Kelly esclamò: – Bene, bene, Joe Carrot! SIAMO ALLA RESA DEI CONTI!

LA RESA DEI CONTI

Deglutii, cercando di mantenere la stessa ESPRESSIONE: nessuno doveva capire che avevo in mente qualcosa...

Kelly mi guardò con un sorriso beffardo sul viso.

– Sono desolata, Joe, sei in trappola! Da qui non puoi scappare!

E poi scoppiò a ridere scuotendo la testa.

– Ha, ha, ha!

Ora dovevo solo completare il mio piano. Dovevo prendere tempo... Dovevo provocarli!

Così dissi, beffardo: – Pensavi che non avremmo mai trovato la tipografia?

Kelly mi fissò. Mi sembrò pensasse non fosse il momento di fare conversazione, ma mantenne il suo solito contegno.

– In effetti vi ho sottovalutato. Ma soprattutto ho sottovalutato il mio vecchio nemico FRANK FOSTER. Non credevo che un pasticcione come lui potesse arrivare fin qui!

Frank pasticcione!

Ma dai?!

– Pensa, Kelly, è stato *proprio lui* a farmi mettere sulle tue TRACCE. Ed è sempre lui che ha trovato il modo di far RICOMPARIRE l'inchiostro sulle banconote e ha trovato le tue iniziali!

KELLY rise compiaciuta: – Eh, sì, lo ammetto, è una mia debolezza! Non so resistere quando si tratta di lasciare la mia firma. Maxie mi aveva avvertito. Continuava a ripetermi di **non mettere** le mie iniziali! Ma come resistere?! Chi pensava poi che qualcuno avrebbe potuto trovare la **FORMULA** per far comparire di nuovo l'inchiostro? Comunque vorrei proprio sapere come avete fatto a scovarci in un posto così nascosto!

Io sorrisi: – È stata la FAME a incastrarvi. *Grazie alle pizze* siamo arrivati fin qui!

In quel momento Eddy guardò Maxie e lo fulminò con lo sguardo: – Te l'avevo detto che non era una buona idea prendere le pizze qua vicino!

Maxie si difese IMMEDIATAMENTE: – Ora vuoi dirmi che dovevamo prenderle da un'altra parte, rischiando di farle raffreddare? *A nessuno piacciono le pizze fredde*!

Poi Maxie si rivolse a me: – Beh, ammetterai che le BANCONOTE FANTASMA sono un'invenzione davvero geniale!

Lo dovevo ammettere: inventare un inchiostro che SCOMPARE senza lasciare traccia e prove compromettenti era qualcosa di sorprendente.

Poi KELLY diventò improvvisamente seria e disse: – Ora, però, siamo costretti a **TOGLIERTI DI MEZZO**, Joe Carrot! Sai troppe cose!

Indietreggiai di qualche passo, mentre Maxie e Eddy camminavano verso di me.

GLOB!

Ma con la coda dell'occhio avevo notato il buco dove il pavimento era già crollato una volta...

INDIZIO!

Hai capito anche tu che cosa ha intenzione di fare Joe Carrot per salvarsi la pelliccia?

VERSO DI ME

Kelly sorrideva, ferma, altezzosa e glaciale. Devo dire che era una coniglia molto *affascinante*. Anche se voleva... togliermi di mezzo!

I tre della BANDA DEGLI INVISIBILI erano così sicuri di loro stessi, che non si accorsero dello **scricchiolio** delle travi sotto i loro piedi. CRIIIK CRIIIK!

Conigli ingenui!

Pensavano davvero che mi sarei fatto catturare così **facilmente?!** Pensavano davvero che Joe Carrot sarebbe stato così sciocco?

Pensavano davvero di farla franca?

DUE CONIGLI IN TRAPPOLA

Spiccai un bel salto (ah, se Jane mi avesse VISTO sarebbe stata molto *fiera di me!* E non avrebbe mai più detto che sono pigro, che non muovo un muscolo e che dovrei fare più movimento...). Mi AGGRAPPAI al volo alla corda che mi aveva già SALVATO quando ero entrato la prima volta nella nave e proprio in quel momento il pavimento cedette di nuovo, vicino al buco che si era creato in precedenza.

Maxie e Eddy furono colti alla sprovvista.

– AAAAAH!

– AAAAAH!

Rimasero penzoloni, INCASTRATI nelle travi del pavimento.

Io ero rimasto aggrappato alla corda,

e iniziai a farla oscillare.

KELLY era ancora lì, di fronte a me.

– Alzatevi! Presto!

– Ma Kelly, siamo **bloccati!**

Maxie e Eddy non potevano muoversi. Erano bloccati tra le travi consumate del pavimento della stiva.

Ora dovevo solo riuscire a **bloccare** anche Kelly Leprott. Con un balzo *riatterrai* nella parte del pavimento ancora intatta, proprio di fronte a lei.

L'espressione di Kelly non era più molto contenta.

– Allora... Come la mettiamo? – esclamai GUARDANDOLA CON FERMEZZA.

IN FUGA

Fu un attimo: Kelly si girò e corse via, fuori dalla stiva. Stava CORRENDO verso l'uscita della nave.
Io la inseguii immediatamente.
I nostri passi RIMBOMBAVANO nei lunghi corridoi di quella nave ABBANDONATA.
Ma Kelly correva velocissima e non riuscivo a raggiungerla.
Ormai ci stavamo avvicinando all'uscita.
Questo non ci voleva! Non potevo permetterle di mettere ZAMPA a terra.
Lì sarebbe stato troppo facile scomparire nel buio della notte!

Non potevo proprio permetterlo!
Dovevo cercare di **accelerare** e prenderla!
Corsi più veloce che potevo!

Dovevo farcela!!!

UN SUONO DI SIRENE

E invece alla fine dovetti rassegnarmi al fatto che Kelly corresse *mooolto* più VELOCE di me!

Ma, nel momento in cui KELLY uscì dalla nave, si sentì un suono che diventava sempre più forte.

UEEEEEE UEEEE

Le sirene della polizia!

Stavano arrivando i **rinforzi!**

Questo voleva dire che Frank li aveva chiamati subito!

Kelly si bloccò di colpo.

Le macchine della polizia si stavano avvici-

nando da tutte le direzioni. Erano sempre più vicine.
Io urlai: – **SEI IN TRAPPOLA, KELLY! ARRENDITI!**
Kelly si mise a ridere: – **Ha, ha, ha!**
Solo i topi finiscono in trappola, Carrot! Non di certo i *Conigli furbi come me!*
E così dicendo saltò a bordo di un motoscafo ancorato alla banchina. Proprio un attimo prima che le macchine della polizia **SGOMMASSERO** davanti a me!

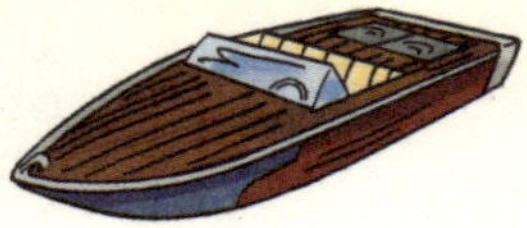

UN'ULTIMA POSSIBILITÀ

In un batter di baffo, Kelly slegò la fune legata alla banchina, accese il motore del motoscafo e partì **velocissima,** ridendo: -**Ha, ha, ha!** Ti saluto, Joe Carrot! *Non* è stato un piacere conoscerti! **Ha, ha, ha!**

Non persi tempo neppure io e balzai a bordo di un altro *motoscafo,* attraccato alla banchina.

Intanto urlai ai poliziotti lì vicino: – Dentro l'EL DORADO troverete Frank Foster e due complici della Leprott **immobilizzati!**

Poi iniziai il mio secondo, folle inseguimento di KELLY LEPROTT!

15

UNA BRUTTA SORPRESA

Appena Kelly si accorse che le ero alle calcagna, iniziò a ZIGZAGARE per le acque del porto con il suo motoscafo. Cercò di seminarmi in tutti i modi, ma io ero sempre nella sua scia.

Improvvisamente, però, mi accorsi di una brutta sorpresa: il mio motoscafo era quasi

SENZA BENZINA!!!

Non sarei riuscito ancora per molto a starle dietro. Così decisi di tentare il tutto per tutto. Spinsi a TUTTO GAS, fino ad affiancare il motoscafo di Kelly.

Poi presi la spinta e... mi lanciai

... e atterrai...

... o, meglio, dovrei dire planai, proprio alle spalle di Kelly.

CE L'AVEVO FATTA!

Kelly sobbalzò: non si aspettava di certo

che un coniglio le balzasse improvvisamente alle spalle!
Di riflesso si aggrappò al volante e sbandò, perdendo completamente il controllo del MOTOSCAFO. Il risultato fu che venimmo tutti e due sbalzati fuori bordo e

FINIMMO IN ACQUA...

A MOLLO!

Riemersi a qualche metro di distanza dal motoscafo. Non vedevo più Kelly. Mi guardai attorno, ma vedevo solo

ONDE E MARE.

All'improvviso mi sembrò di vedere un'ombra in movimento poco lontano da me. Era lei!

Dopo la caduta era rimasta sott'acqua, in apnea, e aveva trattenuto il fiato per non farsi vedere. Aveva NUOTATO sotto il motoscafo per riapparire dall'altro lato, dove non potevo prenderla. Quanto era **furba!**

Si aggrappò al bordo e con un balzo fu di nuovo sul motoscafo.

– Fermati, Kelly!

Dovevo cercare di **raggiungere** il motoscafo anch'io! Purtroppo mi mancavano ancora un po' di bracciate (anzi, parecchie!). E Kelly si stava già aggrappando alla leva dell'*ACCELERATORE.*

Per i denti del Gran Koniglio!

Kelly stava per ripartire!

Io urlai: – Fermati! KELLY LEPROTT! FERMATI!

Per tutta risposta, Kelly si girò per urlarmi:

– Questo non è un addio, Joe Carrot!

È un arrivederci! Questa volta hai rovinato

tutto, ma la prossima sarò io a **ROVINARE** te! Ti assicuro che non finisce qui! Bye bye!

E così dicendo, riprese la sua **fuga,** lasciandomi a **mollo** in mezzo alla baia.

Era scappata!

Kelly Leprott era scappata.

Sigh!

IN SALVO!

Dopo un po' arrivò una barca della guardia costiera.
Mi **RIPESCARONO** dall'acqua con il salvagente, dopo avermi **illuminato** con un grande faro: ero zuppo, fradicio e molto **acconigliato.** Mi ero fatto scappare Kelly Leprott!
La guardia costiera mi trasse a bordo e lì trovai **FRANK:** era così felice di riabbracciarmi, che mi fece passare il dispiacere di essermi lasciato **sfuggire** la Leprott.
– Oh, Joe! Meno male sei salvo! Ero così preoccupato! Mi hai fatto nascondere, mi

hai protetto… Ma non mi sarei perdonato se ti fosse successo qualcosa! Ho fatto quello che mi hai chiesto, ho chiamato subito la **POLIZIA...**

– Frank, amico mio... Ora l'importante è che stiamo tutti bene!

Frank mi abbracciò felice.

Caro vecchio **FRANK FOSTER**, era veramente un amico! Ed era evidente quanto mi *volesse bene!* Pensai che anch'io avrei dovuto dirgli qualcosa, dimostrargli quanto gli ero grato. Il suo **aiuto**, dovevo ammetterlo, era stato fondamentale…

Proprio in quel momento il capitano della **GUARDIA COSTIERA** disse che eravamo arrivati al porto e dovevamo sbarcare. La polizia ci stava **ASPETTANDO** per sapere come fossero andate le cose.

DUE FURFANTI IN MANETTE

Una volta a terra, Frank corse verso il commissario di polizia: – **L'ho trovato,** commissario! **L'ho trovato!** Il mio amico Joe sta bene!

Intanto un giovane poliziotto mi passò un **asciugamano.**

Ero ancora fradicio.

E pensieroso...

Ma i miei pensieri vennero **INTERROTTI** da una squadra di agenti che usciva dall'EL DORADO. Erano riusciti a liberare Maxie e Eddy dal pavimento rotto. Anche se 'liberare' non era la parola più giusta, visto che li stavano arrestando. Vedere finalmente quei due **furfanti** in manette mi sollevò il morale.

È vero, Kelly era scappata. Ma eravamo comunque riusciti a fermare la BANDA DEGLI INVISIBILI!

E COSÌ...

Frank era in mezzo a un gruppo di poliziotti che si complimentava con lui.
Stava finalmente vivendo il suo personale
MOMENTO DI GLORIA!
Il commissario di polizia si avvicinò:
– Complimenti, Carrot. Il suo amico **FRANK FOSTER** mi ha raccontato tutto. Di come avete trovato le tracce della Leprott, di come l'avete pedinata... ehm... a volte senza molto successo...
Sorrise, e io mi chiesi perché Frank avesse raccontato **PROPRIO TUTTO!** Anche le brutte figure...

Ma non me ne PREOCCUPAI più di tanto. Non mi importava aver dato spettacolo alla mostra di Kelly con le **MILLE FACCE** di Frank, né di essere caduto dal tetto della sua villa. Beh... la figura dei **babbei** un po' l'avevamo fatta...

Comunque il **COMMISSARIO** continuò a elencare i nostri successi.

– Non è da tutti riuscire a **RISOLVERE** un caso con

così pochi indizi. Avete trovato la tipografia e ci avete permesso di catturare la BANDA DEGLI INVISIBILI! Avete fatto un ottimo lavoro!

– Sì, commissario... ma mi sono lasciato sfuggire KELLY LEPROTT!

– Tranquillo Carrot, la prenderemo!

Sarà... ma avevo seri dubbi che Kelly si sarebbe fatta **prendere.** Era troppo astuta! Ma mi ripromisi che un giorno l'avrei incontrata di nuovo e che l'avrei **fermata!**

Il commissario continuò: – Toglietemi però una curiosità. Come avete fatto a capire che la tipografia era al porto?

Io potevo rispondergli solo con una domanda:

– Commissario... a lei piace la pizza fredda?

UN'AVVENTURA DA PRIMA PAGINA

Il caso era chiuso!

Il porto era pieno di **POLIZIA**.

Colletto e Talpa erano agli arresti.

Finalmente potevo andare a casa. Mentre salutavo i poliziotti, qualcuno mi picchiettò sulla spalla.

– **Mitico** Joe Carrot! Posso farle una foto?

Mi trovai di fronte a un coniglio dall'aria sveglia e *allegra*. Si trattava di un fotografo della stampa (a volte mi chiedo come facciano ad arrivare così in fretta!) giunto sul luogo per il suo grande **scoop.**

– Signor Carrot! Potrebbe mettersi in posa?

Domani questa foto sarà sulla prima pagina del **'Corriere di Konigliapolis'.**

Sorrisi al fotografo e dissi: – D'accordo! Puoi scattare, ma a una condizione!

Il fotografo mi guardò **DUBBIOSO,** senza capire che cosa potessi chiedergli.

Allungai una **ZAMPA** verso Frank e gli feci cenno di avvicinarsi.

Gli misi un braccio sulla spalla e guardai il **FOTOGRAFO**.

– Poserò per la foto a patto che, in prima pagina con me, ci sia il mio **GRANDE AMICO** Frank Foster! Senza di lui non so come avrei fatto a cavarmela in questa **AVVENTURA!**

Il fotografo puntò la macchina fotografica e si preparò a scattare.

E mentre sia io che Frank SORRIDEVAMO

per la foto, mi accorsi che gli occhi di Frank erano lucidi.

– Non è niente, Joe! SNIFF! Il vento mi ha irritato gli occhi.

Sorrisi. Che volete farci? Frank è fatto così... E io gli voglio bene per come è: pasticcione e sentimentale!

BRAVO, FRANK!

Io e Frank recuperammo la mia Camomilla e fummo felici di poter tornare verso casa. In macchina, Frank mi sommerse di parole: gli ultimi eventi lo avevano un po' elettrizzato (anzi, parecchio!).

– È stata un'avventura incredibile, Joe! Ti confesso che ho anche avuto PAURA! Essere lì, legato... Comunque ce l'abbiamo fatta, eh, Joe? Siamo proprio forti... Non avrei mai creduto che il tuo lavoro fosse così... così... così pieno di SUSPENCE! Che dici, Joe, ripeteremo un giorno la magica coppia Carrot-FOSTER? Eh? Che dici?!

Come potete immaginare, Frank era così emozionato che parlò per tutto il tragitto. Arrivati davanti al

LABORATORIO

Frank scese dalla macchina e disse:

– A presto, Joe! Non esitare a chiamarmi, se avrai bisogno di aiuto.

Ma poi aggiunse:

– Ehm… Magari *non subito* però! Sai, Joe, credo proprio di aver bisogno di passare un po' di tempo al sicuro, tra le pareti del mio laboratorio!

Beh, dopo la cattura della BANDA DEGLI INVISIBILI questa era di certo un'altra

buona notizia!

CASA DOLCE CASA

Ero felice. Felice che l'avventura fosse finita (a parte la fuga di Kelly Leprott).

Felice di tornare a casa.

A quell'ora dormivano tutti. Così entrai cercando di non fare rumore.

Mi diressi in CUCINA, aprii il frigorifero e sgranocchiai alcune carote.

Jane arrivò in cucina,

sbadigliando. Mi aveva sentito rientrare e disse felice: – Finalmente sei a casa, Joe!
L'abbracciai dicendo: – Jane, il caso è risolto. La Banda degli Invisibili è AL FRESCO! Tranne la Leprott...
Jane sorrise: – Vedrai che anche KELLY LEPROTT verrà presa, prima o poi. E comunque lo dico sempre che sei il miglior investigatore dell'Arcipelago!
Scoppiai a ridere: – Per forza, sono l'unico!
Jane mi fece gesto di non fare rumore.
– I piccoli dormono. Ci ho messo un sacco a convincerli che saresti tornato troppo tardi per aspettarti alzati.
Jane sbadigliò di nuovo e io la seguii a ruota.
È proprio vero che quando guardi qualcuno sbadigliare, viene da sbadigliare anche a te. A voi non capita mai?

Così, presi Jane sotto braccio e ce ne andammo a letto. Era ora anche per noi di andare a **DORMIRE**. Ne avevamo proprio bisogno!

FELICITÀ È... RIDERE IN FAMIGLIA

Il mattino dopo mi svegliai tra le voci allegre e i baci dei miei *coniglietti!* Erano tutti sul letto, felici di potermi svegliare!

Kevin intanto era sulla soglia della camera e mi SORRIDEVA: – 'Giorno, pa!
Eh, sì! Era proprio un buon giorno.
Era sabato e questo significava solo una cosa: quel giorno **non dovevo** andare in ufficio!
Per cui avevo di fronte a me un intero weekend da trascorrere insieme alla mia famiglia! Un weekend di riposo!
Mi alzai e domandai allegro:
– Avete già fatto COLAZIONE?
Tutti risposero in coro: – NOOOO!
Kevin aggiunse: – La mamma ci ha detto di venire a svegliarti. Dice che faremo una colazione leggera tutti assieme e poi... partiamo!
– Partiamo?!
In quel momento Jane apparve, super sorridente sulla porta: **– SEI PRONTO, JOE?**
Era vestita in tuta e... saltellava sul posto.

Mi lanciò la mia borsa da sport.
– Cambiati! Si va a CORRERE!
Solo in quel momento notai che tutti i miei coniglietti indossavano pantaloncini e magliette sportive.
– Andremo tutti insieme!
Io ero senza parole.

– M-ma i gemelli? Voglio dire... loro non possono CORRERE... Ehm, andate pure senza di me, io sto a casa con loro.

Ma Jane aveva PENSATO a tutto. E, prendendo Andy in braccio, mi mostrò il pratico zainetto PORTA-BIMBI che aveva sulle spalle.

– Portiamo anche i gemelli, Joe: uno tu e uno io! Oggi **non accetto** scuse! Forza, cambiati e partiamo! Manchi solo tu!

Ann si avvicinò e mi sussurrò all'orecchio:

– PAPY, SE VUOI SCAPPALE QUESTO È IL MOMENTO GIUSTO! LA DISTLAGGO IO! COLLI ORA, COLLI!

E così dicendo la mia piccola lattughina corse incontro a sua mamma e, con l'aiuto di Susan, la **CIRCONDARONO.**

Io scoppiai a ridere.

– OLA, PAPY!

Jane era bloccata nello strettissimo abbraccio di Ann e Susan.

Mi misi a correre verso il salotto, per scappare all'allenamento di Jane. Anche Jane rideva:

– Dove credi di scappare, pigrone?

Se Jane voleva correre… Beh, doveva inseguirmi!

Anche se in quei giorni avevo corso abbastanza, mi ritrovai a CORRERE per casa inseguito da Jane e dalla piccola Ann, che ormai ci aveva preso gusto e rideva a più non posso: – TI AIUTO IO A RIPLENDELLO, MAMY!

Insomma, Jane stava riuscendo nel suo intento. Voleva farmi correre? Stavo correndo! Era tutto troppo divertente!

Improvvisamente, tutti stavano inseguendo tutti. Non si capiva più chi scappava e chi rincorreva!

Ragazzi, questo è quello che io intendo quando vi dico che con la famiglia Carrot non ci si annoia mai! Adoriamo stare insieme, perché insieme ci divertiamo!
Ero proprio felice.
Ve lo assicuro, stare con la mia famiglia e ridere tutti assieme è la cosa che mi piace di più al mondo.
Parola di Joe Carrot!

Ha, ha, ha!
He, he, he!

Colli, papy!

Indice

STORIE DA RIDERE
di *Geronimo Stilton*

1. Il misterioso manoscritto di Nostratopus
2. Un camper color formaggio
3. Giù le zampe, faccia di fontina!
4. Il mistero del tesoro scomparso
5. Il fantasma del metrò
6. Quattro topi nella Giungla Nera
7. Il mistero dell'occhio di smeraldo
8. Il galeone dei Ga tti Pirati
9. Una granita di mosche per il Conte
10. Il sorriso di Monna Topisa
11. Tutta colpa di un caffè con panna
12. Il mio nome è Stilton, Geronimo Stilton
13. Un assurdo weekend per Geronimo
14. Benvenuti a Rocca Taccagna
15. L'amore è come il formaggio...
16. Il castello di Zampaciccia Zanzamiao
17. L'hai voluta la vacanza, Stilton?
18. Ci tengo alla pelliccia, io!
19. Attenti ai baffi... arriva Topigoni!
20. Il mistero della piramide di formaggio
21. È Natale, Stilton!
22. Per mille mozzarelle... ho vinto al Tototopo!
23. Il segreto della Famiglia Tenebrax
24. Quella stratopica vacanza alla pensione Mirasorci...
25. La più grande gara di barzellette del mondo
26. Halloween... che fifa felina!
27. Un vero gentiltopo non fa... spuzzette!
28. Il libro-valigetta giochi da viaggio
29. L'isola del tesoro fantasma
30. Il Tempio del Rubino di Fuoco
31. La maratona più pazza del mondo!
32. Il libro dei giochi delle vacanze
33. Il misterioso ladro di formaggi
34. Uno stratopico giorno... da campione!
35. Quattro topi nel Far West!
36. In campeggio alle Cascate del Niagara
37. Ahi ahi ahi, sono nei guai!
38. La vita è un rodeo!
39. La Valle degli Scheletri Giganti
40. È arrivata Patty Spring!
41. Salviamo la balena bianca!
42. Lo strano caso della Pantegana Puzzona
43. Lo strano caso dei Giochi Olimpici
44. Ritorno a Rocca Taccagna
45. La mummia senza nome
46. Lo strano caso del vulcano Puzzifero
47. Agente segreto Zero Zero Kappa
48. Lo strano caso del tiramisù
49. Il mistero degli elfi
51. Te lo do io il karate

TOP-SELLER
di *Geronimo Stilton*

È Natale, Stilton!
Halloween... che fifa felina!
Una tenera, tenera, tenera storia sotto la neve
Cinque minuti prima di dormire
La corsa più pazza d'America!
Buonanotte Topini!
Le grandi fiabe classiche
Viaggiare... che passione!
Datti una mossa, Scamorzolo!
Lo strano caso dei Giochi Olimpici
speciale Guida alle Olimpiadi
- Viaggio nel Tempo
- Nel Regno della Fantasia
- Il Segreto del Coraggio
- Alla Ricerca della Felicità
- Viaggio nel Tempo - 2
- Terzo viaggio nel Regno della Fantasia

Il piccolo Libro della Pace
Un meraviglioso mondo per Oliver
Come diventare uno scrittore stratopico
Il piccolo Libro della Felicità
Il piccolo Libro della Natura
Non abbuffarti, Geronimo Stilton!

BARZELLETTE
di *Geronimo Stilton*

1000 Barzellette vincenti
1000 Barzellette irresistibili
1000 Barzellette stratopiche
Il Barzellettone
Barzellette Maxi-Collection
Barzellette Super-Top Compilation 1
Barzellette Super-Top Compilation 2
Barzellette Super-Top Compilation 3
Barzellette Super-Top Compilation 4
Barzellette Super-Top Compilation 5
Barzellette Super-Top Compilation 6
Barzellette al Top

SUPERMANUALI
di *Geronimo Stilton*

- Il mio primo dizionario di inglese
- Il mio primo dizionario di inglese tascabile
- Il mio primo dizionario di italiano
- Parlo subito inglese!
- Dinosauri
- Mondo Roditore

I MISTERI DI FICCANASO SQUITT
di *Geronimo Stilton*

- Lo strano caso del Calamarone Gigante
- Lo strano caso della Torre Pagliaccia
- Lo strano caso degli Stratopici Dieci
- Lo strano caso del Sorcio Stonato
- Lo strano caso del Fantasma al Grand Hotel

MINIMISTERI
di *Geronimo Stilton*

1. Una truffa coi baffi
2. Il mostro di Lago Lago
3. Il topo falsario
4. La Banda del Gatto
5. La doppia ladra

AVVENTURE ESTREME
di *Geronimo Stilton*

1. Da scamorza a vero topo... in 4 giorni e mezzo!
2. Che fifa sul Kilimangiaro!

CRONACHE DEL REGNO DELLA FANTASIA
di *Geronimo Stilton*

1. Il Reame Perduto

GRANDI STORIE
liberamente adattate da *Geronimo Stilton*

- L'Isola del Tesoro
- Il Giro del Mondo in 80 Giorni
- La Spada nella Roccia
- Piccole donne
- Il Richia mo della Foresta
- Robin Hood
- I tre moschettieri

AVVENTURE NEL TEMPO
di *Geronimo Stilton*

- Alla scoperta dell'America
- Il Segreto della Sfinge
- La truffa del Colosseo
- Sulle tracce di Marco Polo

SEGRETI & SEGRETI
di *Pissipissy Rattazz*

1. La vera storia di Geronimo Stilton
2. La vera storia della Famiglia Stilton
3. I segreti di Topazia

TEA SISTERS
di *Tea Stilton*

1. Il codice del drago
2. La montagna parlante
3. La città segreta
4. Mistero a Parigi
5. Il vascello fantasma
6. Grosso guaio a New York
7. Il tesoro di ghiaccio

AVVENTURE AL COLLEGE DI TOPFORD
di Tea Stilton

- Il segreto dell'Isola delle Balene

MONDO CONIGLIO
di *Joe Carrot*

1. La casa delle ombre
2. Un minuto a mezzanotte
3. Il mistero di Artiglio Rosso
4. La Freccia di Fuoco
5. Il mistero dei bruchi giganti
6. Sei nei guai, conigliastro!
7. La Banda degli Invisibili

GATTI PIRATI
di *Oscar Tortuga*

- Ci mangeremo... Geronimo Stilton!
- Sei ciccia per gatti, Geronimo Stilton!
- Sei in trappola, Geronimo Stilton!
- Giù le zampe dal mio oro!
- Il tesoro di Valle Valgatta

C
D
E
B
A
F
N
E
S
W
1
2
3
4
5
6
7
8
9
10
11
12
13
14
15
Arcipelago
dei Conigli

L'Arcipelago dei Conigli

A. La Grande Carota

1. Tartufia
2. Punta Lattuga
3. Konigliapolis
4. Baia dei Coralli Blu
5. Rabbitown
6. Orzoville

B. La Piccola Carota

7. Pinola
8. Rosmarina
9. Baia dei Coralli Neri

C. La Guglia

D. La Dentona

10. Bellavista

E. Las Carotas

11. Orangeland
12. Barriera Corallina
13. Florinda

F. Scoglio delle Cozze

14. Laboratorio di Biologia
15. Parco Naturale

N
W
E
S
1
2
3
4
5
6
7
8
9
10
11
12
13
14
15
16
17
18
19
20
21
22
23
24
25
26
27
28
29
30
31
32
33
34
35
36
37
38
39
40
41
42
43
44
45
46
47
48

KONIGLIAPOLIS

1. Casa Carrot
2. Casa Squirrel
3. Casa Leprotto
4. Casa dei nonni Carrot
5. Edicola di Gutenberg
6. Negozio della signora Isa
7. Scuola elementare e media
8. Officina di Pedro Carburo
9. La Libreria all'Angolo
10. Corso dell'Isolabella
11. Agenzia Carrot & Carrot
12. Pizzeria 'Le Cinque Stagioni'
13. Giardini del Gran Koniglio
14. Municipio
15. Monumento alla carota
16. Palazzo di Mister One
17. Biblioteca pubblica
18. Teatro Rodentis
19. Multisala
20. Commissariato
21. Tribunale
22. Piazza delle Verdure
23. Museo di Konigliapolis
24. Stazione Centrale
25. Il Corriere di Konigliapolis
26. Orto Botanico
27. Studio Dentistico Leprotto
28. Centro Commerciale
29. Collina Rossa
30. Villa Baffins
31. Università
32. Scuola di Ballo
33. Il Giorno della Grande Carota
34. Circolo Sportivo Saetta
35. Arena dei Tuberi
36. Casa di Frank Foster
37. Ospedale
38. Porto
39. Aeroporto
40. Stadio
41. Mercati generali
42. Deposito dei tram
43. Centro televisivo Tele K
44. Radio Konigliapolis
45. Circonvallazione
46. Serre
47. Fiume Rivabella
48. Ponte mobile

Arrivederci alla prossima avventura di

JOE CARROT

Questo libro non è vendibile
se sprovvisto del presente tagliando

PROVA D'ACQUISTO
JOE CARROT
MONDO CONIGLIO
N° 7